KUSHIKI

九識のスプリント

〜 いざ、駆《か》ける瞬間《とき》 〜

みんな、金メダル。

Everyone gets gold medal.

藤原 良

アジア新聞社

第一部

scene1-1 【不調】Upset

全身が、まるで、粘土のようだった。骨は、骨ではなく、筋は、筋ではなく、筋肉は、筋肉ではなく、すべての機能が、どんよりとしていて、気持ちの悪い暖かさに包まれていた。唾液が、ねばっこく、このまま何もしないでいれば、全身が、中途半端に、溶けてしまいそうだった。

七月の光州の平均気温は、二十五℃前後だが、この時期は、一年を通じて、最も降水量が多いため、一日の平均湿度は、八〇％にもなる。この湿度だと、自然に、洗濯物が、乾くことはない。

光州ワールドカップ競技場は、その名の通り、大型のサッカースタジアムだが、陸上トラックも設けられており、韓国の競技場の中では、唯一のサッカー兼陸上競技場として知られていて、全国体育大会のメイン会場に使用されるほどの立派な競技場だ。

二〇〇二年には、ここでワールドカップが開催され、今年は、ここで、学生と新社会人のためのオリンピックと呼称される夏季ユニバーシアードが開催されている。

観客席には、約四万人以上もの人々がいて、世界大会らしく、さまざまな言語が飛び交い、熱狂的な応援団たちが、それぞれの自国の旗を熱心に振っている。

マスコミブースには、この日の決定的瞬間をカメラに収めるために、世界中から報道陣たちが詰めかけていた。

若いスプリンターにとっては、ここは、まさにうってつけの舞台だった。なぜなら、ここでの活躍が認められれば、世界中に「名前」が知れ渡る。そうなれば、瞬く間に、トップアスリートの仲間入りだ。

トップアスリートになるためには、勿論、世界記録や日本記録を出すという記録樹立も重要だが、メディアによって作り出されたイメージが、本来の実力よりも過大評価されやすい昨今の大衆の価値観に乗っ取れば、派手なキャラクターを売った方が、人気を得やすく、そうすることが、なによりも近道だった。

そうなれば、スポンサーを獲得しやすくなり、テレビ出演等も増して、自分自身がいろいろと得をするだけでなく、日本の陸上界の人気も高まり、競技人口も増加して、とにかく、あらゆる面で、プラス要素が数多く発揮される。

こんなスポーツビジネス的なことは、プロになってから考えればいい、という意見もあるが、アマチュアのうちからプロ意識を持って、先々を見越しても、なんら差支えはないはずだ。むしろ、アマチュアだからこそ、いろいろと考えを張り巡らせてしまうものだ。

周囲からの期待も大きかった。「九秒台に最も近いスプリンター」と呼ばれる桐原秀明は、全身に、嫌な感じの粘着感を覚えながら、男子百メートル決勝のスタートラインに立った。

「ユニバーシアード一〇〇メートル決勝」

と場内に、英語と韓国語でのアナウンスが響き渡ると、それに応呼したかのように観客席から大きな歓声が沸いた。

「第一レーンは、昨年度のヨーロッパジュニア選手権銀メダリストのユアン・シリンジャー―。自己ベストは、一〇秒〇三…」

紹介された選手が、カメラの前で、ポーズを決めた。

「第二レーンは、ロシアのセルゲイ・イヴァノフ。自己ベストは、一〇秒二三…」

彼は、やけに大人びた人物で、物静かに、カメラと客席に向かって、一回ずつ、お辞儀をするだけだったが、それも却って、スポーツマンらしさに溢れていて好感があった。

観客先からは、依然として、歓声が沸いており、次の選手に、より一層の注目が集まった。

放映権を獲得した世界各国のテレビ局によって、試合の模様は、同時中継されており、日本でも、主に、キー局での視聴が可能で、多くの日本人は、自宅等で、テレビの前に釘付けとなっていた。

そのテレビ画面には、先ほど紹介があった順に、各選手が、テレビ画面に映し出され、実況解説者が、視聴者の興奮を煽るかのような声で、各選手たちの簡易的なプロフィールのアナウンスを続けていた。

「そして第三レーンは日本の桐原秀明。高校時代に日本歴代二位となる自己ベスト一〇秒〇一をマーク。その後は東新大学陸上部に入部。その若さと才能から「九秒台に最も近いスプリンター」として注目が寄せられている期待のスプリンターですが、近年は、スランプに見舞われ、苦悩の日々を送っている状況であります。今日のレースで、スランプから脱出できるか？……」

やや頼りない感覚を覚えるアナウンスだったが、これが、今の桐原の現実だった。桐原は、ゆっくりと一歩前に出て、どんよりとした目つきのまま、それとなく挨拶をするだけだった。

桐原は、高校から陸上競技を始めた。殆どのスプリンターが、小学生の頃から陸上競技に触れて、その才能を開花させている中で、桐原の陸上人生のはじまりは、遅い方だったと言える。

高校時代は、グランドが、八〇メートルしかとれなくて、それでも頑張って、彼は、一〇〇メートルで、全国優勝を果たした。

まさに、上り調子で、陸上の名門校である東新大学陸上部に推薦入学して、誰もが羨むようなトップアスリートとしてのバラ色の人生の幕が開けたかと思われたが、大学生になってからの桐原は、不調続きで、バラ色とは真逆のドス黒くて長いスランプ人生に陥った。

いくら桐原がスランプに陥ろうとも、日本の陸上界や、マスコミ、そして、ファンたちからの桐原への期待は止まず、「九秒台に最も近いスプリンター」として、彼は、毎日、物凄いプレッシャーと戦う羽目になった。

何かの度にあるマスコミ取材では、桐原は、スランプに悩む本音を隠しながら、常に、

「一日も早く、九秒台を出して、みなさんの期待に応えたいです」

とコメントをするしかなかった。桐原は、それが、自分の責任だと強く感じていた。

「続いて、第四レーンは、スプリンターとして数々の栄冠に輝く山坂容太。ロンドンオリンピック日本代表。モスクワ世界選手権日本代表。前回のユニバーシアード銀メダリスト。自己ベストは、一〇秒〇八。桐原の最大のライバルとしても広く知られております。今大会の優勝候補筆頭」

山坂、一歩前に出て、爽やかにお辞儀をした。

彼は、小学校から陸上競技を始めた。後に、世界陸上で銀メダルを取る二〇〇メートルのスプリンター・為永清司に憧れて、為永さんと同じ陸上教室で学んだ。

山坂は、よく、桐原選手のライバルだと言われることもあるが、山坂自身は、そこはどうでもよく、彼は、憧れの為永のような世界に通用するスプリンターに成ることが最大の目標だった。そのためにも、次のリオデジャネイロオリンピックの代表になって、メダルを取ることを悲願としている。

「第五レーンは、東日本陸上界の星、関東甲州大学の多山修二。東日本大学選手では桐原を抑えて、堂々の優勝、世界選手権日本代表、全国学生選手権でも桐原を押さえて総合優勝に輝きました。自己ベストは一〇秒二二。この多山も「九秒台に近い選手のひとり」して大きな期待がよせられています。先日のインタビューで本人も「桐原選手を超えるスプリンターになりたい」と話していました。今日はどのような走りを見せてくれるのか？」

やや童顔の多山が挨拶をすると、客席にいた応援団の女性陣たちが、より一層の歓声を上げた。

彼は、中学から陸上競技を始めた。中学の時も高校の時も、決して、注目される選手ではなく、どちらかといえば、平凡な選手だった。高校の全国大会では、準決勝で敗退している。

彼は、陸上が、好きだったから、ただそれだけで、続けた。関東甲州大学に受験で入学して、陸上部に所属して、走ることを続けた。桐原や山坂のように、注目されることもなく、ただ、ひたすら、好きな陸上競技を続けた。

彼には、走ることしかなかった。大学三年になって、多山の才能が、急に開花した。それまで、溜めに溜め込んだマグマが一気に噴火したのだった。

数々のレースで優勝を果たし、東日本大学選手権では、桐原を抑えて、優勝。瞬く間に、多山は、注目選手のひとりとなった。

そして、多山は、

「誰にも負けたくはありません。とくに、どこにいってもチヤホヤされているような桐原選手にだけは絶対に負けたくありません」

と、某インタビューで応えるほど、桐原へのライバル心を剥き出しにしていた。元気溢れる若者だった。

大歓声の中、第六レーンの選手が、紹介されている。そして、アナウンスは、第七、第八……へと続いた。

各選手たちの集中力が、一気に高まる瞬間だった。全身のすべての細胞が、走ることだけに向かおうとしていく。

観客席から、歓声や声援が消え、会場内が、心地の良い無音状態となる。まさに、ここにいるすべての人々の神経が、ピンっと張り詰めた状況だった。

「On your mark. Set.」

と、聞こえると、スタートラインにいた選手全員が、一斉に、クラウチングスタートの態勢に構えた。

そして、

「ドンッ」

と、スタート音と共に、一気に飛び出して行く桐原、山坂、多山たち。他の選手たちも、いいスタートダッシュだった。

会場内が、大きな歓声と声援に包まれた。一〇〇メートル走といえば、決して、長時間かかる競技ではない。どちらかといえば、一瞬の競技。しかし、必死にレーンを走る選手たちと、彼らのことを応援する観客たちの体感時間は、わりと長い。

時には、すべてをスローモーションのように感じる瞬間もある。わずか一〇〇メートル。たったの一〇〇メートルだけでしかないのに、そこには、選手をはじめとする関係者たち全員の血と汗と涙といったように、それぞれの人生が色濃く凝縮されている。

踏み出す一歩一歩が、ここにいる全員に、陸上競技とは何か？　人生とは何か？　と繰り返し問いかけ、また、踏み出す一歩一歩が、すべての答えを残酷なまでに包み隠さず表しているかのようだった。

桐原は、足を動かす度に、全身が溶けてしまうような感覚に陥っていた。スパイクのピンがオールウェザートラックを掴んで蹴る度に、体が沈むようだった。

こうなると、息が苦しいだけの走りになる。全身が前に進む毎に、嫌な重みを感じるようになる。

先頭が多山。続いて山坂。桐原は、第六レーンの選手と競っていた。桐原は、ゴールラインを目指すというよりも、なるべく早くこの場から逃げたいという気持ちでいっぱいだった。

「一着は多山修二。速報タイムは一〇秒〇七。自己ベスト更新。二着は山坂。タイムは一〇秒一三。今シーズンのベストタイム。そして、期待の桐原は、速報タイム一〇秒二四で惜しくも四着に沈みました…。尚、三着は、中国のオウ・リキ。速報タイムは、一〇秒二三。五着は、オーストラリアのユアン・シリンジャー。六着に、ロシアのセルゲイ・イヴァノフ、七着には、イギリスのスコット・マーシャル。八着は、同じくイギリスのアラン・スミス。ユニバーシアード一〇〇メートル決勝は、以上の結果となりました」

大歓声の中、ユニバーシアード男子一〇〇メートル決勝を自己ベストで制して喜びに沸く多

不調

山のことを称える山坂。ふたりの笑顔とは逆に、桐原の表情は、とても暗かった。

桐原は、その場に倒れ込み、自分の脚に八つ当たりするがごとく、何度も何度も脚を叩いたのだった。

「く、くそぅ…」

桐原の小さな声が、微かに、聞こえた。

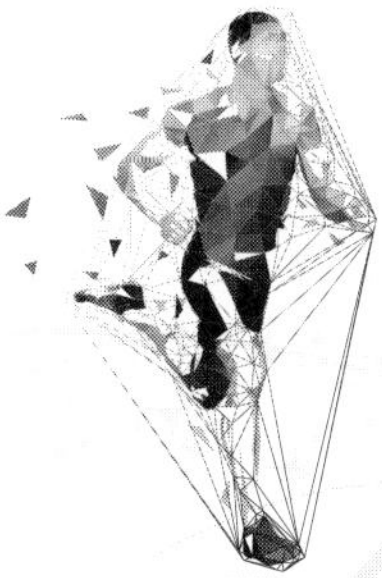

Sprint of KUSHIKI

Every one gets gold medal

scene1-2
【その年の春】Spring

ミズモ商事スポーツカスタム部生産部フロア。

大阪で創業して以来、一貫して、スポーツ用品を製造し続けている老舗のスポーツ用品メーカー。スポーツカスタム生産部は、東京スカイツリー近くにある東京支社のビルの五階フロアにあった。

デザイナーズオフィスに似たラフなスポーツカスタム生産部のフロアの中央のテーブル付近で、川村美那（ミズモ商事社員）と滝村綾乃（ミズモ商事社員）が、煙吸引機を用いて残煙を吸い取っていた。

そこでは、大城太郎（ミズモ商事社員）が、制汗剤を多量に使用していて、その煙というか、制汗剤の噴霧が、空中に充満していた。

その臭いもキツければ、目に染みると、とても痛かった。だから、美那と綾乃は、必死で

煙吸引機を回していた。、

大城は、美那と綾乃に気を遣うことなく、自分の脇や股間に、制汗剤を噴射し続けていた。

そこに小山田太一（ミズモ商事主任）が現れて、

「なんだぁ？　なんなんだ？　なんかの実験か？　この煙は？　いったい何やってるんだ？」

とスーツの袖を口と鼻に充てながら聞くと、

「大城が、シューシューやってるんですよ」

と、美那が、涙目で答えた。

「大城…、大城っ！」

「はい」

「はい、じゃないよ！」

「なんですか？」

「お前、この状況見て気づかないのか？」

「え、なんだろう？（綾乃に）えっ何？」

大城は、ようやく我に返ったような表情になった。

「あっ、凄いことになってる…」

「今さらか、おい…シューシューやりすぎなんだよ！　まったく！」

「だって、ずっとここに泊まり込みなんですよ。もう、体が、ムンムンするんでシューシューするしかないんですよぉ」

「ムンムンとかシューシューとか、ふつう、こんなになるまで使うか？　お前、それ、何本目だ？」

「二十本目ぐらいですかね…」

「二十って、泊まり込みで、そんなに体が臭うんだったら、銭湯に行けばいいだろ銭湯に！」

「俺、人前で裸になるの苦手なんですよ」

「意味分かんねぇよ。つーか、なげぇーよ。とにかく、シューシュー禁止だからな！」

「はい…。でも、ムンムンした時、どうしたら…」

「だから、ムンムンしたら、銭湯に行けよ」

「人前で、裸になるくらいなら、死んだほうが、マシです」

「それ重症だな。とにかく、シューシュー禁止だからな！」

とかなんとかしゃべっていたら、室内の煙がなくなった。しかし、小山田は、依然として、ピリピリしっぱなし。

　美那が、

「主任、なにをそんなにピリピリしてるんですか？」

と、訊くと、小山田は、

「さっき、好美部長代理から業務指示を貰って来たんだけど、それが、ちょっとハイレベルでな…」

と、困り顔になった。

「もしかして、人前で、裸に…なるとか・…キャー！」

「大城は黙ってろ！」

「は、はい…（沈）」

　すると美那が、

「主任、部下を怒鳴ってはいけませんよ」

と、お姉さんキャラ丸出しで話し出した。

「職場での雰囲気作りも上司の務め。せっかく、大城が、ジョーダンめいたことを言って、明るく楽しい雰囲気を作ろうとしているのに、上司である小山田さんが怒鳴っていては社員のやる気を損なうだけですよ」

「は、はい…」

「ビジネスマーケティングリポートの調査によると「こんな上司は嫌だ」のワーストスリーは「感情的になって怒鳴る」「自分の失敗を棚に上げる」「部下のせいにする」「自分の自慢話や好き嫌いだけで決めた持論を延々と語る」となっています。主任、要注意ですよ」

「は、はい…」

「で、さっきの話の続き。好美部長代理からの業務指示って何ですか？」

「うん。まず、我が社の状況から説明する。昨年度の売上不振により、我がミズも商事の株価は大暴落しているのは、みんなも、知ってるだろう。そこを海外の投資家たちに狙われた。つまり、現在、我が社は、会社乗っ取りの危機に直面している」

「マジか…」

「そこで、が社としては、外の乗っ取り屋から会社を守るために、自社株の回復を目指して、何か起爆剤になるような商品の開発をしなければならない。そこで、今回の業務指示となった。みんなも知ってるとは思うが、陸上の百メートルの選手で、桐原秀明選手っているだろ？　九秒台の期待がかかってる陸上短距離界期待の星」

「はい。この前の、ユニバーシアードで、確か、四着だったんですよね」

「うん…。その桐原選手が履く専用のスパイクをここで開発するようにっていうのが業務指示なんだ」

「つまり、桐原選手が、九秒台を出せるスパイクを、私たちで作れってことですか？」

「そういうこと」

「なるほど。しかし、それは、かなりハイレベルですね…」

「なんか、また、泊りの日々が、続きそうですね…」

「みんな、すまん…。俺が、もっと、うまく指示を出せるようになればいいんだけど…」

「まぁ、主任は先月、営業部からこのスポーツカスタム生産部に異動してきたばかりですからね。営業部と、主に製品開発に従事することでは、いろいろ勝手が違うのも当然ですから」

と、綾乃が、優しく言った。

「うん…」

すると、美那が、

「キャリアマネイジメントサービス」の調査によれば、人事異動には、「⑴昇進による異動、⑵適材適所への人材配置、⑶人材育成、⑷懲戒処分、⑸雇用の維持」とあって、主任の場合は⑶の人材育成があてはまります。営業マンをあえて他部署に異動させて、そこでの経験を積ませることで、経験値の高い営業マンを作り上げようという狙いがあります。普通は二、三年の経験を積ませてから、営業部に戻したり、海外勤務などの新たな他部署にて、さらなる経験を積ませることもあります」

と、意気揚々と語った。

「キミ、スゴいなぁ…」

「私、知識だけで生きてますから」

「なるほど…」

「業務手順なんかで分からないことがあったら、気にせず、自分たちに訊いて下さい。そのために自分たちがいるわけですから」

と、大城が凛として言った。

「うん。すまんな…」

　綾乃が、

「分からないことがあったら、私にも遠慮なく訊いて下さいね」

と、優しく言うと、美那が、

「聞くは一時の恥。聞かぬは一生の恥っていいますからね」

と、お姉さん口調で言った。

「う、うん」

「スポーツカスタム生産部は、主任が、前にいた営業部のように、お客様や取引先に商品を売って、直接売上を出しているわけではありません。でも、もし、私たちが、下手な物を作ったら、営業部がどんなに頑張っても、下手な物は下手な物。売れるわけがありません。ここがすべてのはじまりなんです。だから、上下関係とか、カタチだけの組織論よりも、ここは、完全現場主義。そして、みんなで、協力して、製品を開発する」

と、美那は、付け加えた。

「うん」

　そこに、浅見好美（ミズモ商事部長代理）が、やって来た。

「はいはいぃ〜」

「浅見部長代理、お疲れ様です」

「ご苦労さん～小山田ァ～。新プロジェクトの件についてはもうみんなに説明したのかしらぁ？」

「はい、丁度、今、話していたところです」

「ちゃんとトラックの説明もしたのかしらぁ？」

「そ、それはこれから…」

「これから？　相変わらず、呑気な男ねぇ」

「すいません…」

「じゃ、折角だから、私から言うわ。陸上競技っていうのはね、オールウェザーラウンドと呼ばれる全天候型トラックでおこなわれるのよ。コンクリートの上に、タータンやウレタンといった厚さ三センチの合成ゴムを敷いた専用の競技場ね。選手たちは、その上を、ピンの付いた陸上競技専用のスパイクで走るんだけど。もし、スパイクが、たとえば、足に合わなかったり、極端に重かったりすれば、選手は、トップスピードを出せなくなって、記録は、落ちる。よって、選手の能力を最大限に引き出せるかどうかは、スパイク次第だから。小山田ァッ！」

「は、はい…」

「このプロジェクトに、我が社の社運がかかってることは、ちゃんと理解してるわよねぇ?」

「はい、勿論です」

「では、我が社のパフォーマンスを最大限、世間と、そして、株主たちに知らしめる為にも、桐原選手専用スパイクの開発は、再来年に控えたリオデジャネイロオリンピックまでを、その期限としなさい」

「たったの二年で、ですか…」

「たかがスパイク。2年もあれば、充分でしょう。では、みなさん頼みましたよ」

通常、入念なスパイク制作には、三年から五年の月日がかかると言われている。それを僅か二年でやるということは、なんとも急な話だった。小山田は、退室する浅見のことを、力なく見送った。

美那が、

「配属間もない小山田主任に課せられたプロジェクトは「桐原選手　専用のスパイク開発」。九秒台達成要素の一つとして、その責任は、重大です。通常のスパイク開発には3年から五年の月日が必要と言われる中で、たった僅か二年の開発期間で、果たして、私たちは、リオデジャネイロオリンピックまでに、桐原選手のスパイクを作ることができるのでしょうか?」

と、解説者口調で、みんなに言った。

みんなは、とりあえず、ノーコメントだった。

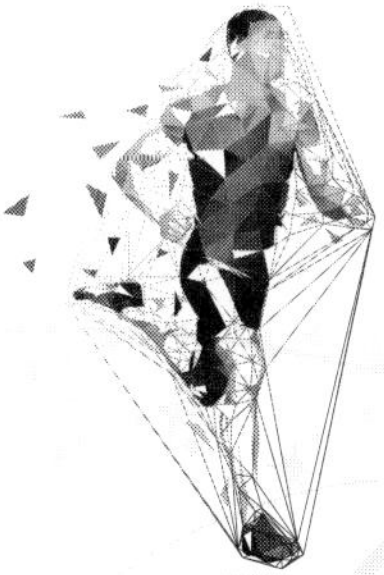

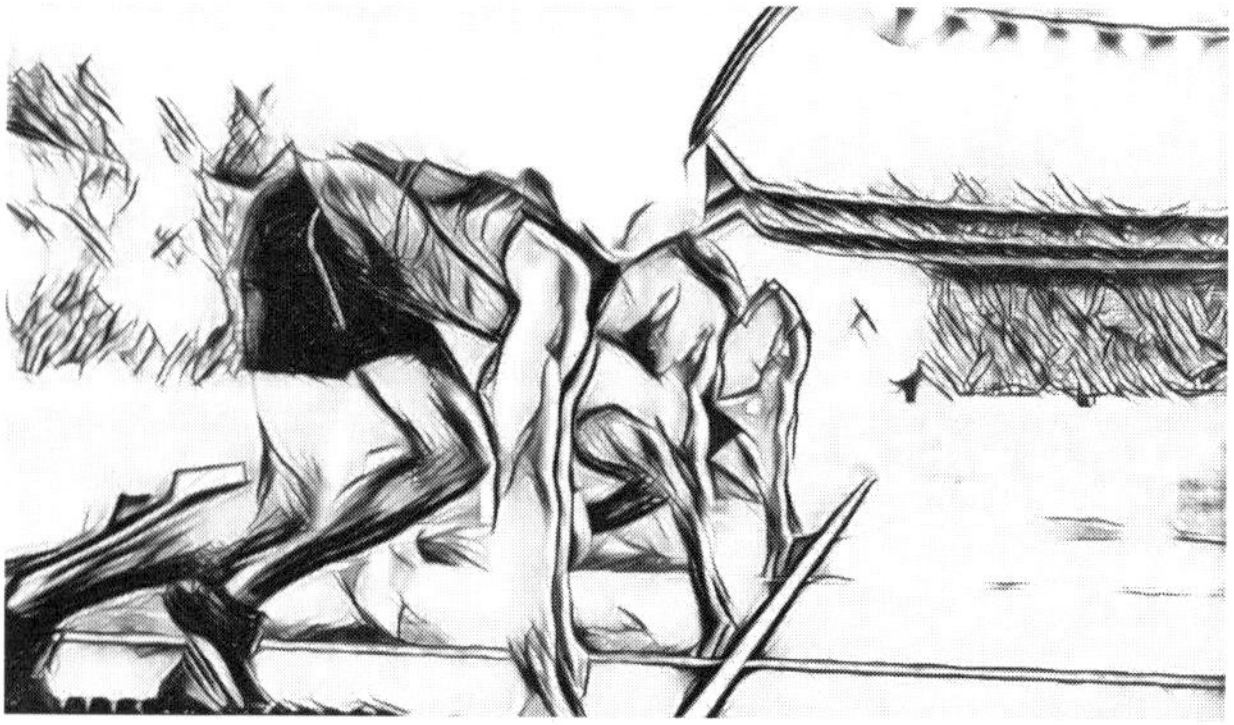

Sprint of KUSHIKI

Every one gets gold medal

scene1-3

【自然の森陸上競技場】Arena

依然として、桐原の全身は、粘土のようだった。居心地の悪い粘着感。太ももに、指をあてると、指が、そのまま太ももの中に、グニャッと入り込んでしまいそうだった。どんなレースをしたかなんて、今の桐原には、判断すらできなかった。ただ、走った。それだけだった。

桐原は、物静かに、トラックから去り、下を向きながら、トボトボと通路を歩いた。このまま真っすぐ歩きつづけて、関係者出入口付近に行くと、いつものように、ぶらさがり取材の記者たちに囲まれてしまうことになる。

こんな気持ちのまま、記者の取材に応えるつもりなんか、あるはずもなかった。だから、桐原は、資材搬入口をめざして、通路を右折した。資材搬入口からでも、選手ルームに行ける。

そんな桐原のことを、そこで待ち構えていたのは、巨漢の三島通（日々スポーツ新聞記者）と二平勝子（日々スポーツ新聞カメラマン）。

「やっぱりこっちに来たな。おれが言うた通りやろ？」

「はい。すごい勘ですね」

「経験ってやつだよ。ついでに言うとくが、こういうときは、逃げられちまうことも多いから、お前は、とにかく、写真を撮りまくれ。バリケードっちゅうこっちゃ」

「はい」

「あ、ストロボは使うなよ。嫌がられるさかい」

「で、でも、写真が暗くなっちゃいますよ」

「後で、フォトショで明るくすりゃええやん。今は、とにかく本人を押さえる方が重要や」

「は、はい」

三島は、この道二十年のベテラン。大学在学中から、出版社でアルバイトをはじめて、そのまま記者になった叩き上げタイプ。記者になってからは、スポーツ一筋。政治・経済・芸能・社会といった他ジャンルには、一切、目もくれない。三島曰く「おれは、スポーツを通じて、人間の戦いを取材するために記者をやってる」とのことだ。

「桐原選手！　最近、ずいぶん調子悪いみたいですが、何かあったんですか？」

「……」

「やっぱり、九秒台を意識し過ぎてのプレッシャーですか？」

「……」

「山坂選手や多山選手も最近相当力つけてきてますもんねぇ。桐原選手、コメントをもらえますか？」

「……」

桐原は、終始無言だった。そこで、三島は、質問の矛先を変えることにした。

「スパイクの具合とか、どうですか？」

「……」

無言のまま、早歩きになった桐原のことを追うが、足がもつれて、ウワァァァ、とその場に転げる三島。

そんな三島の失態を、すかさず、カメラで撮る勝子。

「ううう…お、おい、おれを撮ってどうするんやっ！　桐原選手を追わんかいっ！」

「追えって、相手は、トップスプリンターですよ」

「まだ早歩きしてるだけやから、さっさと追えぇ！」

「はい！」

競技場

031

九識のスプリント　いざ、駆ける瞬間

Sprint of KUSHIKI

Every one gets gold medal

scene1-4
【――その年の秋】Autumn

ミズモ商事スポーツカスタム生産部フロア。

小山田、大城、綾乃、美那たちが、各自のデスクで業務をしていた。そこにやって来る三島と勝子。

「まいど～」

「お疲れさまですぅ～」

「あ、どうも三島さん、二平さん」

「どうもどうも～。どうも大城さん。あら、綾乃ちゃん、今日もべっぴんやねぇ♪」

「どうも。あっ三島さん、うちの新しい主任を紹介します♪」

「ほう！」

「主任」

「うん…」

「こちら日々スポーツ新聞の記者さんで、三島さんです」

おもむろに名刺を出して、

「わたくし、日々スポーツで記者をやっております三島と申します。こっちはアシスタント兼カメラマンの――」

「二平勝子と言います。よろしくお願いします」

こちらも名刺を出して、

「ミズモ商事スポーツカスタム生産部で主任をしてます小山田です。よろしくお願いします」

「どうもどうも。わたしの方ではね、いつもこちら様を回ってですね、新作の情報やらそういったネタをいろいろもろうとるんですわぁ」

「あぁーなるほど」

「聞きましたよぉ、ここで、新しいスパイク作ってるんですってね？　しかも、桐原選手専用のやつとか」

「……!?」

「もう設計の方はお済みなんですか？　でしたら、ちょっとだけでも見せてもらえたら、こちらとしても助かるんですけどぉ。エヘヘッ♪」

「あのぅ、うちで桐原選手のスパイク開発をしていることは、超秘密扱いになってるはずなんですけど、いったい、どこでこの話を知ったんですか？」

「それはですねぇ……」

小山田は、みんなを見まわした。大城、美那、綾乃は、自分じゃないです、とクビを横に振った。

その時、ここに、浅見部長代理がやって来た。

「はいはいィ〜」

「お疲れさまです」

「先週のレポート、まとめてもらいに来たわよ〜」

「こちらになります」

「うむ。あら、三島さん♪」

「毎度どうも、部長代理」

「昨日はありがとね♪　あんな高いお肉ご馳走になっちゃって♪　とってもおいしかったわ

よぉ～♪」

「いえいえ、こちらこそわざわざお時間をいただきまして有難うございました」

「いいえ。また行きましょうね♪」

「はい。ぜひまたなんでもご馳走させてください♪」

「ええ。ではわたくし忙しいので、またね三島さ～ん♪　次はお寿司がいいかなァ～♪」

「かしこまりました♪」

そのまま浅見は、レポートを持って退室した。

小山田は、

「まぁ、今ので、誰が情報を漏らしたのかはだいたい分かりました……」

と、吐き捨てるかのように言った。三島は、エヘヘ♪と愛想笑いを浮かべた。

「たしかに、桐原選手のスパイクは、うちで開発してます。しかし、状況的には、何かをお見せできるどころか、まだお話すらできる段階ではありませんよ……」

「なるほど」

「この半年間、とにかく、軽量型の新スパイクのアイディアを出してはいるんですが、試作品の作成にすら、まだゴーがかけられない状況でして……」

「つまり、攻めあぐんでいる、というわけですかね？」

「はい。何から手をつけていいやら、さっぱりです……」

「なるほど……。主任さん」

「はい……」

「ここはひとつギブ＆テイクでいってみてはどないでっか？」

「ギブ＆テイク？」

「はぁ。こちらさんが欲しい情報は、わたくしがご提供します。その代わり、わたくしが欲しい情報を下さいよ」

「え？……」

「桐原選手は、現在、長いスランプ状態で、試合に出ても自己ベストすら出せない状況がつづいています。半年前にあったユニバーシアードでは、ライバルの多山修二に負けて、レース結果は一〇秒二四で、まさかの四着。このままの状態がつづけば、リオデジャネイロオリンピックの代表入りもむずかしいとも言われとりますわ」

「……」

「桐原選手が、スランプに陥ったのは、公式には、肉体疲労とか精神疲労が原因だといわれていますが、実際のところは、トレーナーとの間で練習メニューをめぐって起きた確執がおもな原因のようですわ」

「なるほど……」

「桐原選手は、練習メニューの改善策を模索すると同時に、スランプ打開をめざして、新しいスパイクの開発をこちらに打診した。しかし、こちらでは、過去のデータをもとにして、新スパイクの開発案を出してもなかなかＯＫがもらえない。つまり、今現在、みなさんが、最も欲しい情報というのは、どうすればＯＫが出るのか、でしょう？」

「まさにおっしゃる通り……」

「先日、わたしが、桐原選手に取材した際に分かったことはね、桐原選手は「裸足で走るようなスパイク」が欲しいと言うてはりましたな」

「裸足で走るようなスパイク……」

「はぁ。たんなる軽さだけの問題じゃなくて、スパイクを履いたときの感触も含めて、まるで裸足のような、といった意味だそうですわ」

「なるほど……」

「まぁ、こんなんで、どうでしょうか？」

「はい。有難うございます」

「そしたら、わたしの方には、これからの、新スパイク開発の進行具合をその都度教えてもらえたら、と思うんですが。ギブ&テイクで」

「分かりました。お約束します」

「それではみなさん、今日のところは、これぐらいにさしてもらって、また寄らせてもらいます♪　じゃ、どうも♪」

「失礼します」

　小山田の周りに、全員が集まった。

「主任……」

「うん……」

「裸足で走るようなスパイク、それってつまり皮膚のようなスパイクって、どんな感じなんですかね？」

「たんなる軽さの問題だけじゃなくて、履いたときの感触が、皮膚のようって言ってたしね」

「わたしには、たんなる八つ当たりとしか思えないなぁ……」

「八つ当たり？」

「スランプになったのをスパイクのせいにしてるんじゃないですか？」

「……」

「桐原選手が、これまで履いていたスパイクは、老舗ブランド・ランバール社の特注品。つまり、世界最高水準のスパイクを履いていた。たしか、桐原選手が、自己ベストの一〇秒〇一を出したときも、彼は、ランバール社のスパイクを履いていた。なのに、今回は、ランバール社に開発依頼をするんじゃなくて、陸連を通して、わが社に依頼をしてきた。言い換えれば、ランバール社の合意のもとで、うちに助けを求めてきた。当然、うちは、ランバール社と共同開発のテイをとることになりますけど、なんか、まっすぐしてないって言うか、彼は、自分が、スランプになった責任をいろんなところに押し付けてるような気がするなぁ……」

「でもさ、スランプのときって、だいたいそんな感じじゃないの？　いろいろ迷ったり、必要以上に悩んだりしてさ。いつもムシャクシャするっていうかさ」

「まぁ……」

「とにかく、理由はどうあれ、おれたちは、オーダーがくれば、そこに精一杯応えるしかなですよ。裸足で走ってるようなスパイク、皮膚のようなスパイク、これを、おれたちはどうするのか、それしかない」

「うん……」

「とりあえずは、優秀なテストランナーが必要になるな」

「優秀なテストランナー？」

「ああ。皮膚のようなスパイクを作るためには、試作品を何度も履いて試してみなきゃならないだろう。ほんとうに、皮膚のような、裸足で走ってる感じがするかどうかって。でも、そのたびに、桐原選手に毎回毎回試し履きしてもらうわけにもいかないだろう。そんなことをしたら練習の邪魔になる。だから、ある程度は、こっちで試して、ここぞというときだけ、桐原選手にフィッティングをお願いするべきだろう」

「たしかに。主任、いいところに気がつきますね！」

「開発や研究は、まだ未熟だが、営業部にいたぶん、人のことについて、けっこう敏感なんだ」

「そうですねぇ。しかし、桐原選手の代走ができるテストランナーとなると、それなりの人じゃないと、務らないですよね？」

「うん……」

「営業部に、元陸上部の人っていないんですか？」

「一応、いるにはいるが……」

「綾乃、そういうのじゃダメでしょう。桐原選手の代走をやれる人が、うちみたいなコテコテのサラリーマン会社にいるわけがないでしょう」

「たしかに……」

「桐原選手は、陸上短距離界の期待の星。そのテストランナーもかなり優秀なスプリンターじゃないと……」

「はい……」

「とりあえずは、都内の各大学の陸上部に相談して、桐原選手と背格好が同じ部員を何人か出してもらったらどうでしょうか？」

「うむ……その辺から当たってみるしかないか……」

scene1-5
【東新大学陸上部】Track and field club

東新大学に、桐原が、推薦入学したのは「桐原に最高のトレーナーをつけたい」という日本陸連の計らいによるものだった。

東新大学陸上部の監督兼主席トレーナーは、土橋英司（桐原の専属トレーナー）だった。彼は、元二〇〇メートル日本記録保持者を父に持ち、幼少の頃から、陸上競技の英才教育を受け、選手時代には、アトランタオリンピック、アテネオリンピックで、日本代表チーム入り。バンコクアジア大会では、一〇〇メートルで、銅メダル、リレーでは、金メダルという快挙を達成。一〇〇メートルの自己ベストは、一〇秒二一。

彼は、日本陸連の歴史の中でも、まさに最高のトレーナーだった。桐原を、前人未到の九秒台に導けるのは、彼しかいない、と誰もがそう思っていた。また、彼自身も、それができるのは、自分しかいない、と考えていた。

東新大学陸上部には、もうひとり、女性トレーナーもいる。星野祥子といい、彼女も、現役選手時代は、中距離選手として、国内大会などで活躍したスプリンターだった。指導者となってからは、数多くの日本代表選手を育て上げた名トレーナーとして知られている。

この二人がいる東新大学は、毎年のように、部員を各大会の決勝へと送り込み、メダルも多数取得している。そして、大学ＯＢたちによるバックアップも万全で、桐原が、九秒台を狙える大学環境としては、ベストだと言えた。

土橋と星野が、スケジュール帳を見ながら、打ち合わせをしていた。

「監督、今月も桐原の取材、かなりの数が入ってますね」

「そうだな……」

「えっと、月刊陸上選手マガジン、アスリート倶楽部、ランナーズウェブマガジン、デイリーニュースサイト、日々スポーツ新聞、東京カルチャー新聞のスポーツ欄……。こんなに取材に時間を取られてたら、今月も、一般的な練習メニューを消化するだけで終わっちゃいますね」

「そうだな……」

「これじゃ、桐原が、スランプになるのも当然かも……」

「仕方ないだろう。ＯＢ会の山根会長から、とにかく、取材にはすべて答えて、桐原の知名度をできる限り高めて、陸上競技全体の宣伝活動に努めろって、キツく言われてるんだから」

「でも、ほんとうは、監督も、山根会長のやり方には、反対なんですよね？」

「まぁ、大きな声では言えんがな。練習時間や休息時間をとられるうえに、余計なプレッシャーやストレスのもとになるだけだからな。とくに、あいつは、繊細なところがあるからな……」

「そのこと、桐原に直接言えばいいじゃないですか？　気にするなって」

「うーむ……」

「あいつは、監督が、取材の手配を全部してるもんだと勘違いしてますよね？　トレーナーのくせに、トレーナーが一番、練習の邪魔をしてるって。ほんとうは、監督が、一番あいつのことを分かってるのにね」

「うーむ……」

「あいつ、スパイクも新しくするんですってね？」

「らしいな。これまでのところとは違って、別の開発チームに依頼したそうだ。今日もあとで、ここに、そこの連中が、サンプルを持って来るんじゃないか？」

ついため息交じりに、

「そっか……」

「何かあるのか？」

「やっぱり、あいつ、相当まいってるんじゃないかな？　自分でもどうしたらいいのか分からなくなってるんじゃないかな？　もっと練習をしたいけど、取材やらなんやらで、満足にできない。試合に出ても、勝てない。記録も伸びない。それだけじゃなくて、多山修二や山坂容太といったライバルたちからもどんどん追い詰められて、二進も三進もいかなくなってるんじゃないですかね？」

「競技とは、そういうもんだろ」

「そのひと言で終わりですか……」

「そこを乗り越えてこそ、ほんとうのスプリンターになれるってもんだろ」

「監督……。土橋さん……」

「なに？」

「為永のことをおぼえてますか？」

「為永……。ああ、もちろんおぼえてますよ。あいつのフォームは、おれが、直しましたからね。あいつは、いい選手でした。たしか、今は、下町の方で、陸上教室のコーチかなんかをやってるんじゃなかったかな？」

「それだけですか？　為永が走れなくなった理由、土橋さんもご存知のはずですよね？」

為永清司。シドニーオリンピック日本代表。北京オリンピック四〇〇メートルリレー銀メダル。世界陸上パリ大会二〇〇メートルで日本人初の銅メダルを獲得。国民栄誉賞受賞。

「日本人スプリンターの完成形」「世界最速の非ネクロイド」と称賛される。

将来を切望された才能の持ち主だったが、突然、無期限休養を宣言して、そのまま陸上競技の世界から、引退してしまった……。

「……あいつは、プレッシャーに負けたんだよ。練習中に、急に頭痛を起こしたり、あるときは、吐いたりして、引退する頃には、スパイクすら履けなくなっていた……」

「このままいったら、桐原も、為永と同じ道をたどるんじゃないかしら。為永の選手生命を縮めたように、今度は、桐原の選手生命も縮めてしまうのかも」

「……？」

「選手にとって、トレーナーとはどうあるべきなんでしょうか？　厳しい試練を与えるだけが、トレーナーの役目なのでしょうか？　わたしは、為永のことで、あらためて、スプリンターもひとりの人間なんだ、選手も普通の人間と変わらないんだということを痛感させられました」

「しかしだな」

「土橋さん、桐原と話してみて下さい」

「……」

二人は、部室のテーブル席で、しばし無言となった。

そこに、東新大学陸上部のメンバーたち、鈴木充（東新大陸上部主将）、市村まや（東新大陸上部副主将）、本多宏、金井雅子、豊田渉、木島浩平、倉橋健太、岡村聖子、日野みのりたちが入ってきた。

最後尾が、桐原秀明だった。

「お疲れさまです」

「はい、お疲れ♪」

みんなといつものように明るい挨拶をする星野とは違って、土橋は、無言のままだった。

「……」

「星野先生、ちょっと相談があるんですけど」

「うん、なに？」

「毎年恒例の箱根合宿の件なんですけど……、今年は箱根じゃなくて新潟の長岡にしようと思うんですけど、いいでしょうか？」

「長岡？」

「はい。じつは、雅子の実家が、長岡でホテルを経営してるんです」

「まぁ。そうなの？」

「はい。たいしたホテルではないんですけど、一応」

「それで、雅子の実家に、みんなで泊まったらいいんじゃないかって話になりまして」

「なるほど」

「たまには、合宿場所を変えるのも、いい気分転換にもなるかなって思いまして」

「うんうん」

「同じ長岡市内にある山古志村には、箱根山を彷彿させるアップダウンの激しい山道がありますから、箱根でやっていた練習メニューもできると思うんです」

「そうねぇ……。土橋先生はどう思われますか？」

「長岡で合宿をしたい理由は、もう他にはないのか？」

「な、ないっすね……な？」

「うん。ないない……ね？」

「ないない！」

「まぁ、他に理由があるとすれば、やっぱり、宿泊費の方とか、かなりお安く済むってことぐらいですかね。あと、長岡って、市のマークが、不死鳥なんですよ！」

「そう、それ、不死鳥！大事だよね！　うんうん、それ超大事！」

「安いし、不死鳥です！　はい！」

「いいっすね、それ！」

「長岡最高っす！」

「長岡幸せです！」

「長岡完璧っす！」

「……。そうじゃないだろ？　みんな、桐原のために、長岡でやりたいんだろ？」

と、土橋が言った。

「いや、それは……」

「別に隠さなくてもいいぞ。スランプになってる桐原を助けるために、桐原が、練習に集中できるように、まだマスコミに知られていない場所で、静かに合宿をしたいってわけだろ？」

「えっと、それは……」

「だから、長岡での合宿がＯＫになったら、この件については、マスコミには一切口外しないでくださいっていう約束も、欲しいんだろ？」

「そ、それはですね……」

主将として、鈴木が、

「先生、隠していてすいません。全部、今、先生がおっしゃった通りです。おれたちみんなで相談したんです。もっと、桐原が、練習に集中できるようにしようって」

と、白状した。

「うむ……。おい、桐原?」

土橋は、桐原のことをジッと見た。

「は、はい……」

「みんなの気持ちはよく分かったが、お前自身は、どうなんだ? みんなの期待の星になるってことは、当然、それだけあらゆるプレッシャーがお前に覆い被さってくる。それで、体が、鈍ってるようじゃダメだ。すべてのプレッシャーを励みにして、記録で、みんなに恩返しできるようじゃないと、本物のトップスプリンターとは言えないんだぞ」

「そんなもんクソ喰らえですよ」

「クソ喰らえとはどういう意味だ、桐原?」

「先生、おれは、自分の目標のために、走りたいんです。おれの目標は、次のリオデジャネイロオリンピックで代表になってメダルを獲ることです。期待の星とか、みんなの願いとか、マスコミの取材とか、そういうもんをあえて意識する必要はないと思ってます。周りは、周り。おれは、おれですから。そもそも短距離走は、個人競技ですし」

土橋は、言葉を呑んだ。

「合宿の件については、みんなが気を使って考えてくれたことですから、自分としては、みんなの考えに賛成したいと思っています」

「はぐらかすな」

「え……？」

「お前がスランプに陥ってるのは、そういうことだからだろ？」

「……」

「もっと、思っていることをハッキリと言えばいいんじゃないか？　強がったっていいことなんかなにもないぞ。だからいつまで経っても、スランプから抜け出せないんだよ」

「……」

「プレッシャーに打ち勝つことは、ただひとつだけだ。すべてのプレッシャーを呑みこんで、そのすべてを、愚痴でも弱音でも何でもいいから、まずは、正直に吐き出すことだ。そうやって、精神の平穏を保つんだ。そうすれば、どんなプレッシャーにだって勝てようになる。溜め込まずに、吐き出すんだ。今のお前のように溜め込んで、カッコばかりつけようとしていると、そのうち潰れるだけなんだよ。みんなを心配させているようじゃ、まだ、立派なトップスプリンターとは言えないぞ」

桐原は、なにも言い返せなかった。陸上部仲間の豊田が、桐原のことを庇った。

「立派なトップスプリンターって、じゃ、土橋先生は、今までと同じように、これからもマスコミにたくさん取材をさせて、桐原くんの練習の邪魔をし続けるってことですか？　それこそ、そんなの本末転倒じゃないですか？」

みんなが、口々に、桐原のことを庇った。

「そうですよ。そんなの不幸ですよ！」

「そう、不幸すぎますよ！」

「プレッシャーに打ち勝たなければならないことぐらい、桐原だって、おれたちだって、そんなのよく分かってますよ。でも、実際、練習時間が減ったり、休息ができなくなることは、絶対よくないはずじゃないですか」

「先生、わたしたちは、同じ陸上部部員として、桐原くんがメダルを獲る姿を見たいんです。それだけじゃない。前人未到の九秒台達成の瞬間を共有したいんです。そのためには、桐原くんが、練習に集中できる環境を作らなければならないんです」

かれらの言い分は、もっともだった。どんなに才能があっても、練習環境が整っていなければ、その才能は、たんなる宝の持ち腐れとなってしまう。

そのことは、土橋も熟知していた。そして、土橋は、桐原に問うた。

「桐原、どうして黙ってるんだ？」

「……」

「お前のことについて話してるんだぞ。どうして黙ったままなんだ？」

「……」

「桐原、どうなんだ？」

急に、桐原の呼吸が、苦しくなった。ゼェゼェと音を立てて、呼吸のリズムもバラバラで、それは、明らかに、過呼吸の症状だった。

土橋は、そんな桐原に対して、問答無用で詰め寄った。

「おい、桐原、なんとか言ってみろよっ！」

桐原は、ますます苦しくなった。さすがに、星野が、

「土橋さん、もういいじゃないですか」

と、止めた。

土橋は、舌打ちをした。

部員たちが、「桐原、大丈夫か？」「桐原くん、どう？」と桐原の様子を心配していた。

桐原は、少しずつ、落ち着きを取り戻した。

土橋は、

「まぁ、合宿の件については、長岡でもどこでも構わん。好きにしろ」

うなだれている桐原に、

「これじゃ日本の陸上短距離界の未来は明るいとは言えんな。学部長のところに書類を出しに行ってくる」

と、捨て台詞のような言葉を吐いてから、退室した。

すると、桐原の周りにいる部員たちの不満が、一気に、爆発したのだった。

「酷い！　こんなの酷すぎますよ！」

「そうですよ！　こんなのあんまりですよ。トレーナーが選手を追い詰めてどうするんですかね？」

「こんなの不幸すぎます！」

「そうです！　まさに不幸です！」

星野は、みんなの言葉に対して、言い返そうとはしなかった。

女子部員の雅子が、

「桐原くん、病院とか行かなくても大丈夫？」

と、声をかけると、

「うん。大丈夫だよ……ありがとう」

と、桐原は、お礼を述べた。

星野は、

「桐原、土橋先生のこと、悪く思わないでね」

と、静かに言った。

星野のこの言葉を聞いて、部員たちは、全員、唖然となった。そして星野は、話をつづけた。

「あなたがスランプになって、土橋先生も苦しんでるのよ」

桐原は、無表情のまま、星野の話を聞いた。

「ほんとうはね、土橋先生が、あなたのことを誰よりも分かってるのよ」

「星野先生、わたしにはそうは思えません」

と、雅子は、正直に、思ったことを言った。すると、

「おれも思えません」

「自分も、少し、強引すぎるかと思います」

「そうですよ。無茶苦茶ですよ」

「ありえないっすよ」

「最悪ですね」

「パワハラトレーナーですよ。パワハラトレーナー」

「悪です！　悪！」

「そうですよ。極悪ですよ！　極悪！」

と、みんなが、一斉に、言いだした。

これだけ正直に、話ができるのは、星野の人望である。それだけ彼女は、部員たち全員から大いに信頼されていた。

そして、星野は、

「あの、じつはね……ここだけの話にしてくれる？」

と、前置きしてから、話しはじめた。

「土橋先生は、マスコミの取材にはずっと反対してるのよ」

「えっ？」

「それだけじゃない。ＯＢ会主催の激励会とか、大学主催の壮行会なんかのパーティーごとも全部、練習のさまだげになるって言って、ずっと反対してきてるのよ」

「マ、マジっすか？」

「マジよ」

　みんなは、星野の話を信用した。

「どうして、そのことを、土橋先生は、わたしたちに話さないんですか？」

「話したところで、結局は、食い止めることができないからなんじゃないかな……」

「そういうもんなんですかね？」

「ええ。残念だけど、そういうもんよ」

「でも、土橋先生が、ほんとうは、ちゃんと桐原くんのことを思ってくれてるってことが分かっただけでも、だいぶ違うわよね？」

「うん！」

「なんか、安心度が、急上昇してきましたよ、ね？」

「うん。なんかこの話を聞けて、ホッとしたよね？」

「うん。ホッとしたよね♪」

「桐原、よかったたな？」

「……」

「本人を前にして言うのもなんなんだけど、桐原のようなスター選手にもなれば、マスコミもパーティーも避けては通れない道なのよ。だって、コイツは、他とは違うんだから。余計なプレッシャーやストレスがかかるのもよく分かる。いろいろなことのせいで、練習時間や休息時間が奪われていくのもよく分かる。でも、スターってそういうもんでしょう。その中で、どうするのかを考えてやっていくしかない……」

桐原は、黙ったままだった。

「みんな、為永清司っていう選手、知ってるかな？」

「あの為永選手のことですか？　世界陸上二〇〇メートル銅メダリストの」

「ええ。かれも、当時、今の桐原と同じように、いろいろな事のせいで練習時間を取られて、いろいろなプレッシャーとストレスの中にいた。そして、かれは走れなくなった。そうなった理由は、今の桐原を見れば、分かるわよね？」

みんな、深く、うなずいた。

「じつは、わたしも土橋先生も、為永の強化チームのコーチだったの」

「マ、マジっすか？」

「マジ」

「す、すげぇ……」

「じつはね、あの頃の土橋先生は、さっきみたいに、為永に厳しくあたったりはしなかったの」

「そ、そうなんですか？」

「そう。為永のプレッシャーやストレスを和らげるために、ずっと為永と一緒にいて、為永の話をずっと聞きつづけたの」


為永は、筋肉質だったが、どこか線の細い印象が強い男だった。箱根の練習用トラックの隅で、為永と土橋が、話し込んでいた。

「好きではじめたことなんですけど、最近、なんのために走ってるのか、よく分からなくなってきます。別に、有名になるために、陸上やってるわけじゃないんです」

「気にするなよ、な。みんなお前のことを凄いって思ってるだけなんだから、な」

土橋は、必死に、為永のことを元気づけていた。だが、為永の表情は、曇ったままだった。

「お祭り騒ぎの道具にされているとしか思えませんよ。おれたち陸上選手は、走ることで人間の能力の限界に挑戦してるはずです。白人がいて黒人がいておれたち黄色人種がいて。それぞれが、いったいどこまで運動能力を高めることができるのか？　どこまで早く走れるのか？　それぞれの能力を高め合うことで、人間の総合能力の幅を広げて、未来に繋げていく。お祭り騒ぎの道具になったり、有名になることなんか、どうでもいいじゃないですか」

「まぁな……」

「じゃ、そういうことで」

「待て、待てよ、為永……」

　そして、為永は、この場から、去った。

「あの頃、すべてのプレッシャーから、為永のことを守ろうとしたのは、土橋先生だけだった。でも、全部、効果がなかった。やがて、為永は、走れなくなった……」

　桐原は、星野の話を静かに聞いていた。

「土橋先生は、きっと、自分は、為永に、優しくし過ぎたって、後悔しているのかも知れない。だから、土橋先生は、同じ過ちを繰り返さないために、為永の、あのときとは逆に、桐原には、厳しくしているんだと思う」

そして、桐原が、口を開いた。

「先生……」

「ん？」

「おれ、土橋先生と、もっとよく話してみますよ」

「うん。それがいいと思う。土橋先生は、なたにとって最高のトレーナーよ」

星野は、胸のつかえが、少しだけ下りたような気がした。

そこに、「失礼しまーす」と言って、室して来る小山田、大城、綾乃。

大城が、作品スパイクを持っている。三島と勝子も同行していた。

「どうもぉ～。ミズモ商事スポーツカスタム生産部の小山田でございます♪」

「どうもぉ～大城です♪」

「滝村です」

「お疲れさまですぅ。三島ですぅ」

「みなさんは、桐原の新しいスパイクの開発チームの方たちですよね？」

「はい。そうでございます。お忙しいところ失礼致します」

「いえいえ」

「本日、スパイクの試作品をお持ち致しましたので、桐原選手にフィッティングしていただければと思いまして、はい」

「そ、そうですか……」

星野は、桐原の様子を気にして見た。

「いいですよ。それを履いて、走った感想を言えばいいんですよね？」

「はい。まさしくその通りでございます♪　おい、大城」

大城と綾乃が、試作品のスパイクを小山田の足元に持ち寄り、履くのを手伝った。その様子を写真に収めている勝子。

「通常の短距離走のスパイクのピンは、二本以内と定められておりますので、普通は八本ぐらいのものが多いんですが、今回の試作品、このシンスナスピードシューズはですね、ピンの数がなんとたったの四本のみとなっております。こうすることで、類まれな軽量化といち早く足を前に出しやすくなることを実現しております」

「すごいですね！」

と、思わず、雅子が叫んだ。

「でも、ピンがたった4本しかないと、地面への食いつきが弱くならないですか？」

と、思わず、まやが、質問した。

「そ、それはですね……」

シドロモドロになった小山田の肩を透かして、綾乃が、

「ピンの位置の角度を鋭角に調整することで、バランスよく地面に食いつくように設計してありますから大丈夫です。ご安心下さい！」

と、力強く説明した。

「おぉ！」

「す、すごい！」

と、部員たちが、どよめいた。すると、すかさず大城が、

「しかもですね、ここに来る前に、当社でよりすぐったテストランナーに、何度も試走してもらって、データ分析もバッチリやってありますから、ご希望通りのスパイクに仕上がっていると思います！」

と、ニヤニヤしながら付け加えたが、部員たちは、もうそこまで感激しなかった。

「……」

桐原は、スパイクを履いて、感触を試していた。

「では、桐原選手、グランドで、テスト走行の方、よろしくお願いします」

「はい」

「よかったら、みなさんも一緒にいかがですか？」

「はい！」

と、みんな、嬉しく返事をして、グランドに駆けて行った。

三島と勝子もついて行った。そして、星野とふたりきりになる小山田。

「いろいろご苦労なさってるみたいですね？」

「いえ、仕事ですから……」

「あの、さきほど、もうひとりの男性の方がテストランナーとおっしゃられてましたけど、それって桐生の代わりにスパイクを履いて走る人のことですよね？」

「はい、そうです」

「あのぅ、もしよかったらその人が誰なのか教えてもらえませんか？　桐原の代わりを誰が務めているのか、トレーナーとして、ちょっと気になりますから」

「それはそうですよね。本件のテストランナーをやってくれているのはですね、さきほど、

テストランナーの話をしておりましたうちの大城の出身大学でもある水道橋大学陸上部のみなさんにご協力してもらってるんです
「水道橋大学陸上部ですか……」

「あんまりよくないですか？　ご存知かとは思いますが、水道橋大学にも大学陸上界を代表する優秀な選手がたくさんいますから。もちろん、桐原選手ほどではないかも知れませんが、かれらもすごく好意的にテストランナーとして協力してくれている次第でございます。しかも、みんな桐原選手の大ファンなんですよ♪」

「なるほど。わたしは、トレーニングの専門でスパイク作りについてはよく分かりませんが、桐原のテストランナーをするのなら、なんと言いますか、世界水準レベルの選手にやってもらった方が、もっと的確と言うか、正確なスパイク作りができるようになるのではないでしょうか？」

「はい。たしかにおっしゃる通りです。ほんとうは、桐原選手ご本人様に、毎回テスト走行してもらうのが、一番いいんですが、それをすると毎回練習の邪魔をしてしまうことになりますから……。水道橋大学のみんながダメだというわけでもありませんが、やはり、桐原選手が世界水準レベルならば、テストランナーも世界水準レベルの方にやってもらった方が話ははやいですね」

「ですよね」

「でも、たとえば、関東甲州大学の多山選手にお願いするわけにもいきませんし、社会人スプリンターの山坂選手にお願いするわけにもいきませんから……、正直、困ったもんです、はい……」

「あのぅ、もしよかったら、ひとりいいのがいるんですけど、ご紹介しましょうか？」

「えっ、ぜひ、お願いします！」

「為永清司って、ご存知ですか？」

「為永清司……もしかして、世界陸上銅メダリストの為永清司さんのことですか？」

「ええ」

「あの為永さんがテストランナーをやってくれるのなら、わたくしどもとしましては、申し分がありませんが、為永さんほどのすごい方が、こういう仕事を引き受けてくれるものなのでしょうか？」

「わたしの方から話してみます」

「はい、ぜひよろしくお願いします！」

そこに、桐原とともに戻ってくる鈴木、本多、まや、みのり、豊田、木島、倉橋、聖子。そして、綾乃。三島と勝子も戻ってきた。

　小山田は、

「大城、どうだった？」

と、神妙な表情で、訊いた。

「ダ、ダメでした……」

「桐原選手、今回は、いったい、どこがダメだったんでしょうか？」

「全部です」

「ぜ、全部……」

　小山田は、大きく落胆した。

「たしかに、スパイクは、かなり軽量化されてますけど、なんかスカスカな感じがして、気持ち悪いそうです」

「あぁ……」

「やっぱり、ピンの数が、少な過ぎるのかも知れませんね」

「ううう……」

「とくに、スタート時の蹴りだしのときに、今の四本ピンだと、力がうまく出せない感じがするみたいです」

「はい……」

主将の鈴木が、

「桐原、走ってみて他に気がついたことはなかったか？　思ったことは全部言っといたほうがいいぞ」

と、促した。

「うん。履いたときの感触をもう少し皮膚のようにしてもらえないでしょうか？」

この言葉に食いつく小山田。

「履いたときの感触を皮膚のように……？」

「はい。走っているときの感触というよりは、履いた瞬間の感触の方が自分にとって大事なんです。履いた瞬間ですべてが決まると言いますか。うまくは言えないんですけど、履いた瞬間の感触で「こう走ろう」みたいな感じで自分の中で決まるんです。それがないと、そもそも走ろうという気にならないんです」

「は、はい……」

綾乃が、確認の言葉を投げかけた。

「つまり、スパイクは、スピードを出すためだけのものじゃなくて、精神的なコンディションも整えるものだということですか？」

「はい、そうです」

「精神的なコンディション……」

小山田は、頭の中では、ハテナマークがぐるぐると回っていた。

「自分が、選手として注目されはじめた高校時代の話なんですけど」

と、桐原が、話し出した。

「おれが通っていた高校、じつは、グランドが、一〇〇メートルなかったんです」

「グランドが、一〇〇メートルなかった？」

小山田は、ますます、分からなくなった。

「狭い校庭だったんです。直線で、八〇メートルしかありませんでした」

「え？　じゃ、桐原選手は高校時代、普段の練習で一〇〇メートルを走ったことがなかったんですか？」

「はい。八〇メートルまでです。校庭を一周すれば、二〇〇メートルにはなりましたけど、直線で一〇〇メートルを普段の練習で走ったことはありませんでした」

「な、なのに高校の全国大会で優勝したんですよね？」

「はい。大事なことは、気持ちだと思うんです。高校のときは、八〇メートルしかない校庭で練習しながら、絶対に一〇〇メートルの校庭で練習している奴らには負けたくないって思ってやってました」

「はい……」

「大学に入って、すごく立派なグラウンドで練習できるようになったのは嬉しかったんですが、正直言って、なんか贅沢と言うか、なんか、スパイクもメーカーさんが、いいスパイクを提供してくれたり、マスコミの人たちがチヤホヤしてくれるのはありがたいと言えばありがたいですし、それは、変えることができない話だっていうのもよく分かっていますけど、おれの陸上はもっと違うところにあるんです。おれは、もっとこの足とこの手とこの体だけで走るしかないってことを強く感じながら走らなきゃならないんです。何もなくても、おれは走る。それが、おれの陸上なんです。だから、スパイクを履いていないような、まるで裸足で走っているようなスパイクが欲しいんです。履いた瞬間に、おれには走ることしかないって感じさせてくれるようなスパイクが欲しいんです」

「なるほど……」

「でも、そうなると、ますます難しくなってきますよねぇ。だって、精神的な面もサポートできるスパイクって……。スパイクですよ、スパイクシューズですよ！　もっと言えば、靴ですよ、靴。普通は、軽いとか重いとか、履き心地がいいとか、痛くならないとか、靴のよしあしって、そんな程度しかないじゃないですか。それなのに、要するに、今の話だと、スプリンターとして走るときの心構えみたいなものを与えてくれるスパイクがいいって話ですよね？　そんな魔法みたいなスパイク、どうやって作ればいいんですか？」

と、大城が、激怒した。

「いろいろ、わがままを言って、すいません」

「いえいえ。べつに、桐原選手が、わがままって言ってるわけじゃないんです。おれたちは、桐原選手のために、新しいスパイクを絶対作らなければならない。そのためには、いったいどうしたらいいのかっていう話ですから、はい……」

「すいません……」

小山田は、大城に話してから、

「とにかく、桐原選手と一緒に、おれたちは、答えを探していくしかないだろう。桐原選手！」

と、桐原に話しかけた。

「はい」

「またフィッティングをしてもらってもいいですかね？」

「もちろんです」

わずかな瞬間だったが、諦めない開発者と諦めないアスリートというような、似た者同士だけが分かるような、感覚的な意思疎通が、小山田と桐原との間に芽生えた。それは、また、スランプの開発者とスランプのアスリートであるとも言えた。

「ありがとうございます。では、わたしたちは、今日のところは、これで帰ります。そして、今日の反省点を次回に活かします！」

「よろしくお願いします」

「かしこまりました。では、失礼します。星野先生、例の件、よろしくお願いします」

「分かりました」

「では、みなさん、次回、またお会いしましょう」

大城と綾乃を連れて、退室する小山田。

「じゃ、俺たちも、そろそろ帰ろうか？」

「はい」

「じゃ、星野先生、失礼しまーす」

「おつかれ」

部員たちが、次々に退室した。最後に、桐原も、退室しようとしたときに、土橋が、戻って来た。

桐原は、やや硬くなった。だから、星野が、

「桐原、お前、さっき、土橋先生と話してみるって言ったよなぁ？」

と、桐原に耳打ちした。

「はい、言いました」

「じゃ、これからここで話してもらいましょうか」

「……」

「早く」

「は、はい。あのぅ、土橋先生……」

「なんだ？」

「あのぅ……じつはさっき、星野先生にいろいろ教えてもらったんです。マスコミの手配とかおれ、てっきり、全部、土橋先生が、やってると思ってたんです。でも、ほんとうは、そうじゃなくて、土橋先生が、一番反対してたって……」

土橋は、無言のままだった。

「おれ、勘違いしてました。すいません」

「うん……」

土橋は、静かに、頷いた。

「それに、為永さんのことも聞きました」

「星野さん！」

「べつに、いいじゃないですか。ほんとうのことなんですから」

「……」

「おれ、何も知らなくて……先生が、どんな想いでおれに話しかけてくれてたのかって、何も知らなくて……いろいろと生意気言ってすいませんでした」

「かまわん。気にするな。おれは、なるべく、お前のやりたいようにやらせてやりたい。しかし、そうはいかないときもある。そのときは、溜め込まずに、思ったことは、何でも、俺に言ってくれればいい」

「はい」

「さて、無事に仲直りしたところで、ひとつ提案があるんですけど」

「？……」

「これから江戸川の為永陸上教室に顔を出そうと思ってるんだけど、よかったら一緒に行ってみない？」

「為永さんのところにですか？」

「そう。娘の様子を見るのと、かれに話したいこともあってね。よかったらどう？」

「分かりました」

と、桐原は、嬉しく返事をした。が、

「あいつに話したいことってなんなんだ？」

土橋は、仏頂面だった。

「気になるなら、一緒に来れば？」

土橋は、深く頷いた。

陸上部

九識のスプリント　いざ、駆ける瞬間

Sprint of KUSHIKI

Every one gets gold medal

scene1-6
【――その年の秋に】Autumn

ミズモ商事スポーツカスタム生産部フロア。

美那以外の、小山田、大城、綾乃たちは、大きくうなだれていた。

「半年以上かけて作って、やっと試してもらった試作品が、まるでダメ……」

「疲れがドッとくるわよね……」

「なに弱音吐いてるのよ」

「だって」

「だってじゃありません」

そこにやって来る浅見。

「どうやら桐原選手からＯＫをもらえなかったようね？」

「申し訳ありません」

「謝っても、あまり意味がないんじゃないかぁ？　相変わらず、呑気な奴だなぁ小山田は」

「……」

「ところで、リオデジャネイロオリンピックの選考会の日程が決まったから、それを伝えに来てやったわ」

「選考会ですか？」

「そう。日本代表を選出するための選考会。桐原選手が、そこで結果を出せれば、かれは、リオに行ける。ダメならダメ」

「選考会は、いつあるんですか？」

「半年後よ」

「ということは、あと半年以内にスパイクを完成させなきゃならなくなったってことですか？」

「そう思った方がいいわね。桐原選手が、もし選考会を突破できなければ、スパイク開発をしている当社は、いい笑い者。そして、わが社の株価は、さらに大暴落する。小山田ァ」

「はい……」

「分かったかぁ？」

「はい……」

「では、そのように」

言いたいことだけを言って、去る浅見。

「選考会があるなんて、聞いてないし……」

「まだ一年以上あると思ってたのに、それが、あと半年しかないなんて、どうすりゃいいんだよぉ……」

「みんな、ちょっと聞いて欲しいんだけど」

と、小山田が、立ち上がった。

「じつは、テストランナーなんだけど、星野トレーナーが、あの為永さんに聞いてみてくれるっていうんだ」

「ホントですか？」

「為永さんって、陸上の神様みたいな人ですよね。国民栄誉賞を受賞して、日本人スプリンターの完成型とまで言われた超大物！」

「うん」

「もし、為永さんが、テストランナーをやってくれたら、試作品作りが、かなりうまくいきそうですね！」

「うん」

「で、いつからになるんですか？」

「ハッキリとはまだ決まってないけど、近いうちには分かると思う」

喜ぶ美那、大城、綾乃。

「じゃ、とりあえずは、今の体制で、試作品作りをつづけながら、いずれは為永さんが合流してくるってわけですね？」

「その可能性は、非常に高い」

「そうなると大きなプラスになりますね！」

「うん」

また喜ぶ美那、大城、綾乃。

一瞬の光だった。希望が見えたときの人間は、とてもすばらしい笑顔を見せる。小山田も笑顔だった。

scene1-7

【為永陸上教室】Classroom

走っている、練習している美代と沙矢。為永とストップウォッチ片手のマリもいる。走り終えて、呼吸を整える美代と沙矢。マリは、ストップウォッチのタイムを見て、

「いいタイムよ。美代ちゃんなら一〇〇メートルだけじゃなくて、二〇〇も四〇〇も、もしかしたら、八〇〇もいけるかもね♪　沙矢ちゃんも世界、狙えるかもね♪」

「ホントですか！」

「アメリカのアリソン・フェリックス選手って知ってるでしょ？」

「はい。一〇〇、二〇〇、四〇〇で、かたっぱしからメダルを獲ってる女王レベルのすごい選手ですよね。たしかカリフォルニア出身の」

「ええ。人間の持つ運動能力を最大限に引き出すことに成功している稀な選手。もしかしたら、ふたりもそうなれるかも？」

美代と沙矢は、とても恐縮した。

すると為永が、

「そのためにはどうするか、だな。一般的には、今よりも、筋肉を増やすことだが、アリソン・フェリックスの場合は、まったく逆で、必要最低限の筋肉だけにして、ダイエットまでやっているそうだからな」

と、言った。

「ダイエットか……」

「なんか、人間の身体って、奥深いですね」

そこに、山坂が、多山を連れてきた。

「為さん、マリさん、お疲れ様です。美代ちゃん、沙矢ちゃんもお疲れ」

「おう」

「こんにちは♪」

「お疲れ様です。多山を連れてきました」

「うん。どうも。為永です」

「ど、どうもはじめまして。関東甲州大学の多山修二です。今日は、為永さんにお会いできて、とても光栄です」

「こちらこそ」

傍らで、多山に会えて、盛り上がっている美代と沙矢とマリ。マリが、スマホを出して、美代と沙矢と一緒に、多山に、写メを頼むかどうかマゴマゴしている。

山坂が、今じゃないんじゃないかな？　といった感じでマリと美代と沙矢のことをなだめすかしている。


「バイト先の、居酒屋の、麻生社長はお元気ですか？」

「はい。いつもお店に出られてます。それに、自分にもよく為永さんの昔話とか、よく聞かせてもらってます。今日、ここに来ることを話したら、為永さんとマリさんによろしく言っといてくれっていわれました」

「うん。まぁ、こういうのも何だが、じつは、麻生社長からも君の練習を見てやってくれって、前々から頼まれててな。それで、見てみようかなって」

「はい、ありがとうございます！」

「練習に入る前に、ひとつ、君に訊きたいことがあるんだが」

「はい、なんでしょうか？」

「この前、日々スポーツ新聞で、君が出てるインタビュー記事を読んだんだが、君は、桐原くんのことをかなりライバル視してるようだな？」

「はい」

「どうしてだ？　おれには、君が、桐原くんのことをねたんでるようにも思えたが」

「まぁ、それは、多少、ねたんでる部分もあります。なんといっても、かれは、自分なんかとは違って、最高の環境で練習してますからね。でも、自分が、桐原選手のことをライバル視するのは、それだけじゃなくて、やっぱり九秒台ってのがあります」

「九秒台……」

「はい。俺、九秒台を出したいんですよ。誰よりも先に、誰よりも早く」

「どうしてそんなに九秒台にこだわるんだ？」

「自分にもそれなりにプレッシャーがあったりストレスもあります。不安になることもあれば、ときどき、陸上が嫌になることもあります。そういうもの、すべてに打ち勝つためには、九秒台を出すことしかないと思ってます。それで日本の陸上短距離界も世界レベルにあがれればいいなって思うからです」

「なるほどな……」

「為永さんに練習を見てもらえるなら、絶対やれる気がします。必ず九秒台を出しますんで、いろいろよろしくお願いします」

「うん。じゃ、まずは、フォームの方からみてみようか」

「はい！」

「容太」

「はい」

「向こうから、一緒に、先導して、走ってみてくれるか？」

「はい」

「沙矢」

「はい……」

「早速、お前も一緒に走ってみるか？　あとで、一緒に走った感触を教えてくれるか？」

「はい！」

　為永、多山、山坂、沙矢は、そのままむこうへ行った。そこに残っているマリと美代。

「多山選手って、なんかカッコいいね♪　若さ漲るっていうかさ」

「……」

「どうしたの？」

「なんか、多山選手は、為永先生とは、少しタイプが違うような気がします」

「そうね」

マリも、ゆっくりと頷いた。

scene1-8

【調布総合競技場】Track and field club

ここは、セイバーホールディングス陸上部と関東甲州大学が共に練習しているグランド。関東甲州大学陸上部の多山修二と話す山坂がいた。

「おい、多山」

多山が振り向いて、「はい」とこたえる。

「あのさ、今度、為さんの陸上教室に一緒に行ってみないか？　お前、前々から、行きたいって言ってただろ？」

「はい！　でも、ええ！？　マジっすか？　ホントにいいんすか？　マジでいいんすか？」

「うん。為さんが、連れて来いって」

「やったぁ。おれ、歴代の陸上選手の中じゃ、為永さんのことがダントツで好きなんすよ！　為永さんがいたからこそ、今の自分があるようなもんなんすから！」

「わざわざ同じ居酒屋でバイトしてるぐらいだもんな」

「はい。正直、バイト中、体力的に、辛くなる日もあるんすけど、為永さんもここで歯をくいしばってたんだなって思うと、おれもやらなきゃって思えるんすよ。為永さんは、おれにとっては、選手としても一流ですけど、人間的にも一流だと思ってますから！」

「うん。おれもだ。為さんのことは尊敬してる」

「はい。いやぁ、うれしいな。超うれしいっすよ」

そこに、三島と二平が、やってきた。

「あのぅ、練習中、恐れ入りますが」

「はい……」

「わたくし、日々スポーツ新聞で、陸上の記事を担当しております三島と言いますが、じつは、このたび、桐原選手のライバルとして、多山選手のインタビュー記事を作ることになりまして、今、お時間の方、よろしいでしょうか？」

「どうぞ」

「写真もよろしいですか？　山坂選手もいいですか？」

「はい、どうぞ」

「まずは、先日のユニバーシアード、多山選手、優勝、おめでとうございます！」

「ありがとうございます」

「タイムの方も一〇秒〇七で、自己ベスト更新。いろいろな意味で、あの桐原選手に圧勝でしたね？」

「はい、そうですね。あのぅ、桐原選手にだけは負けたくないって、いつも思ってますから、勝ててよかったです」

「そこなんですけど、多山選手は、どうしてそこまで桐原選手のことをライバル視なされるんでしょうか？　やっぱり、九秒台を意識してのことでしょうか？」

「そうですね、それもありますけど、自分としましては、じつは、昔は、桐原選手にあこがれてるところもあったんです」

「はぁ……あこがれ……？」

「たしか、桐原選手って、高校のとき、練習で、一〇〇メートル走ったことがなかったんですよね？　校庭が、八〇メートルしかなくて。なのに高校記録を出して、全国優勝もして。そういうのすげぇカッコいいなって思いましたよ。でも、大学に入ってからは、滅茶苦茶いい環境で、自分のところなんかよりも、何倍も贅沢な環境で練習してるのに、あの人、全然ダメじゃないですか？　なんかそういうの、自分には、情けなく見えてくるんですよね。だから、こんな人に絶対負けるわけにはいかないって」

「なるほど。しかし、今、桐原選手は、スランプですからね？」

「そんなもん、言い訳にしかならないんじゃないでしょうか？　自分だって、スランプにならないように、いつも心がけてますし」

「ほう！　どういった心がけをなされてるんですか？」

「自分を見失わないようにしてます。おれは、勝つために、走るんだって。すべてのプレッシャーを呑みこんで、結果を出してこそ、立派なスプリンターだと思うんです」

「そうですか。いろいろ貴重なお言葉、ありがとうございます」

「いえいえ」

「もしよかったら、せっかくですから、山坂選手からもインタビューをとらせてもらってもよろしいでしょうか？」

「はい」

「すいません、もしよかったら、写真の背景を変えたいんで、ここじゃなくて、あっちの方に移動してもらってもよろしいでしょうか？」

「はい、いいですよ」

といった感じで、あっちに行く二平、山坂、多山、三島。

多山の、若さが、とても目立っていた。若いときは、どうしても、他人のことなんか考えている余裕はないのかもしれない。それが、若い競技者というものなのかもしれない。

そういう意味で、多山は、元気のいい若者だった。しかし、それだけではなく、多山もスプリンターとして、日々、並々ならぬ努力を積んでいる努力家でもある。多山は、桐原とは、少し違う、荒削り的なスプリンターであることは間違いないが、かれも、また、純粋であるがゆえに、桐原のことをライバル視しているだけにすぎなかった。

scene1-9

【為永陸上教室にて】Classroom

その年の秋。東京下町。隅田川沿いの河川敷。ジョギングをするランナーたちだけでなく、河川敷に設営された野球場やサッカー場で、多くの人々が、汗を流している。

そこで、練習している星野美代（星野の娘）の姿が見える。彼女は、高校生ながらに、一〇〇メートル世界選手権日本代表選手。為永陸上教室で、為永イズムを学ぶ名スプリンターだ。

美代のフォームをしっかりと見定めている為永清司は、二〇〇メートル世界大会銅メダリストで、すぐとなりに為永の妻マリ。そして、社会人スプリンターのチャンピオンの山坂容太も、美代と一緒に練習していた。ほかにも、美人女子大生スプリンター日本記録チームメンバーの青山沙矢もいる。

走り終えた美代、山坂、沙矢に、為永の檄が飛ぶ。

「開いた脚をたたむときは、カカトをすぐに裏モモにつけるようにして、足を流さないようにする。つねに、足が、前に前に行くようにするように」

「はい！」

「そのとき、大事になることは？」

「上半身の姿勢です。上半身が、こう、上下しないようにすることです！」

「その通り」

「はい！」

「美代ちゃんは、まだそれぐらいでもいいけど、容太と沙矢！」

「はい！」

「お前たちは、もう大人の筋肉をしてるんだから、カカトを裏モモにつけると同時に、上半身を保ちながら、反対の足をねじるようにのばすんだぞ！」

「はい！」

「じゃ、今のことを頭に入れて、もう一度、三〇メートルを七分の力で走ってみよう」

「はい！」

「ヨーイ、ハイッ！」

このやり取りを見ただけでも、練習生たちが、コーチのことを信頼しきっているのがよく分かる。為永は、とても優秀な指導者だった。

走って行く美代と山坂と沙矢と入れ替わるようにして、ここに星野、土橋、桐原たちがやってきた。

星野は、

「為ちゃん、おつかれ♪」

と、気さくに話しかけた。

「あ、どう……」

為永は、土橋たちの存在に気がついて、思わず息を呑んだ。

「為永、久しぶりだな」

土橋は、少し照れたような感じだった。

「先生、どうもご無沙汰しております」

「元気でやってるみたいだな」

「先生もお変わりなく、ですか？」

「まぁな。あのぅ、紹介しとくよ。こいつは今、うちにいる桐原秀明」

「ど、どうも東新大学陸上部の桐原秀明です」

「知ってますよ。はじめまして。為永清司です。おれも、昔は、このおふたりから指導を受けてたんだ」

「はい。存じ上げてます！」

「うん。で、こっちは……」

「妻の為永マリです」

「ど、どうも」

「マリちゃんも元気してたか？」

「はい。おかげ様で」

「マリちゃんはね、八〇〇メートルの日本代表だったのよ♪」

「へぇ、凄いですね♪　スプリンター同士でご結婚なされたんですね」

「まぁな♪　ところで、今日は、どうなされたんですか？」

「うん。じつは、為ちゃんに、ちょっとお願いごとがあってきたの」

「お願いごと、ですか？」

そこに戻ってくる美代と山坂と沙矢。

「あ、お母さん♪」

「よぉ美代♪　アンタ、先生の言うこと聞いて、ちゃんとやってるの？」

「やってるわよぉ、ねぇ、先生」

「一応はな」

「なんすかそれぇ、一応とかって言わないでくださいよ。あとでお母さんに怒られるじゃないですか！」

「おーすまんすまん♪」

「やぁ美代ちゃん♪」

「土橋先生、こんにちは♪」

「あっ、桐原秀明だ！」

「こんにちは」

「うわぁ～♪　あのぅ、あとで一緒に写メとかやってもらってもいいですか？」

「あ、はい……」

「SNSとかにあげても……？」

桐原は、軽くうなずいた。

「やったぁ♪」

すると、マリも、

「わたしもいいかな？」

「あ、はい……」

「やったぁ♪」

ワヤワヤと盛り上がっている美代、マリ、桐原。

星野が、山坂の存在に気がついた。

「あれ？　もしかして、山坂容太選手？」

「あ、はい、ご挨拶が遅れました。セイバーホールディングス所属の山坂容太です。よろしくお願いします」

「東新大陸上部トレーナーの星野です。美代の母です。こちらこそよろしくお願いします。

それから、沙矢ちゃん、お久しぶり♪」

「お久しぶりです♪」

「ゴホンッ……東新大陸上部トレーナーの土橋です。よろしく」

「よろしくお願いします」

「ここには、すごい顔ぶれが揃ってるもんだな。山坂容太、青木沙矢と、日本代表の選考会の常連様だ。とくに君（沙矢）は、美人スプリンターとして人気抜群だな」

「いえ……」

「で、こいつが……」

と、言ったあたりで、美代とマリは、遠慮して、桐原から離れて、向こうでスマホをいじりはじめた。

「桐原くんですよね」

と、山坂が言った。

「どうも……」

「トラックの外で会うのは、初めてですね？」

「そうですね……」

「よろしく」

「ど、どうも……」

「為ちゃん」

「はい？」

「なんでここに日本代表選手の山坂くんがいるのよ？　あなた、そんなことひと言もいわなかったでしょ？　美代だってなーんにもいってくれてないし」

「えっと……」

「おれ、小学校の頃から為永さんの陸上教室だったんです。だから、じつは、為さんとは長い付き合いなんですよ」

と、山坂が説明する。

「で、今はときどき、ここで、為さんに練習をつけてもらってるんです。前の日に、為さんに電話して、明日お願いしますって感じで」

「そうなんすよ。こいつ、いつも急なんすよ。あと、こっちも」

「わたしは、ちゃんと三日前にはラインしてますよ♪」

と、沙矢があわてて言った。

「同じようなもんだろ！」

みんなが、笑った。

「為さんの指導は、すごくためになるんです。うちのトレーナーもいい人なんですが」

「セイバーの陸上部といえば、たしか、瀬島監督よね」

「はい。立派な名監督なんですが、自分の自主練もかねて、為さんにもお世話になってるんです。な?」

「うん。為さんの指導は、陸上が、たんなる競技っていう狭い枠のものじゃなくて、なんていうか、走ることっていうんですかね?　ヒトが走る、人間が走る、人間にとって走ることとは何か?　っていうような、本来の陸上のあり方を再確認させられるような、とっても貴重で、とってもためになるんです!」

「そうなのか……。じゃ、今度うちの陸上部にも来なさいよ。だって、為ちゃんに走り方を教えたのは、ほかでもない、この土橋先生なんだから♪」

「存じ上げてます。ぜひ、今度、よろしくお願いします♪」

「よろしくお願いします」

土橋は、やや照れた。

「桐原、いい練習相手が手に入ったわね♪」

桐原は、無言だった。

「おい、桐原、あなた、さっきから、なに変に意識してんのよ?」

「い、いいえ、べつに、そういうんじゃないですよ……」

「こいつ、今、スランプでしょ、だから他人のことがすごく気になるのよねぇ」

「……」

「分かりますよ。自分もスランプのときは、他の選手がどうしてるのかってすごく気になってしょうがないですから」

「で、星野先生、お願いごとっていうのはなんでしょうか？」

と、為永が、言葉を差し込んだ。

「そうそう。あのね、今、桐原が、新しいスパイクを作ってるところなんだけど、そのスパイクを開発するうえで、テストランナーが必要なのよ」

「テストランナー……？」

「試作品のシューズを履いて、走って、いろいろ感想を言ったり、データ取りに協力するランナーのことよ」

「自動車のテストドライバーみたいなもんですか？」

「そういう感じかな」

為永は、急に表情を暗くして、何も言わなくなった。

「さすがに陸上短距離界期待の星ともなると、スパイク作りにも念が入ってますね」

と、山坂が、明るく言った。

「そんな言い方しないでよ、山坂くん」

「ジョーダンですよ、ジョーダン♪」

「内容はよく分かりましたけど、そういうお話なら、お断わりさせて下さい」

と、為永が、低い声で言った。

星野は、為永の目をまっすぐ見た。為永は、低い声のまま、話しつづけた。

「おれは、今、ここで、こうやってのんびりと陸上教室のコーチをやってます。ここでは、記録やメダルを求めるよりも、自分に合った走り方を身につけたりするなど、人生としての陸上をやっています。言うなれば人間のための陸上をやっています。テストランナーとは言え、その世界に行けば人と争ったり、どこまでいってもひたすら競争をしなければならないでしょう。そういうの、自分、向かないんですよ。ですから、せっかくのところすいませんが、この話はお断わりさせて下さい」

「う、うん……」

と、星野は、うなずくしかなかった。

「為……」

「はい」

「相変わらずだな」

「すいません」

土橋と為永の会話は、これだけだった。そして、為永は、桐原に話しかけた。

「桐原くん」

「はい……」

「悪く思わないでくれ。人には人のスタイルってもんがあるんだ」

「はい……」

「星野先生」

「ん？」

「そろそろ、練習に戻ってもいいでしょうか？」

「うん、もちろんよ。ごめんね、練習中に邪魔しちゃて……」

「いえいえ。では、失礼します」

為永、マリ、美代、山坂と沙矢は星野、土橋、桐原に挨拶をしてから、河川敷の向こうの方へ行った。

「あいつに話したいことって、テストランナーのことだったのか?」

と、土橋が、星野に言葉をかけた。

「うん……」

「じゃ、フラれたんだな?」

「うん……」

「でも、もし、あいつが、テストランナーをやったら、すごいスパイクができたかも知れないよな。桐原、お前、ソンしたな」

「は、はい……」

「まぁ、あいつは、見ての通りのああいう奴だ。お前はお前でやっていくしかないよなぁ」

「はい……」

三人は、そのまま河川敷から去った。やがて、為永たちの練習時間が終わり、その帰りがけに、美代が、為永に質問した。

「先生、テストランナーの件、どうして断わったんですか?」

「さっき、お母さんに言った通りだよ」

「はい……」

　すると、マリが話し始めた。

「でも、桐原選手といえば、夢の九秒台の期待がかかっているスプリンターでしょ。かれのお手伝いをするってことは、あなたの陸上精神に合うんじゃない？　人間の可能性を広げることと」

「かれは、違うだろう。世間にチヤホヤされて、浮かれてる奴の手伝いなんかできるかよ？　どうせ話題作りに利用されるだけだろう。スパイクは、為永が作りましたってな」

「そんなことないんじゃないかな……」

「そうですよ。桐原選手は、先生が思っているようなタイプじゃないかも知れませんよ？　もしかしたら、先生と同じタイプかも？」

「さっき、スランプだって言ってましたよね？」

「……」

「かれ、ここに助けを求めてきたのかもしれませんよ……」

「そんなわけないだろう。かれは……かれのために、専用のスパイクを作らせるほどの過保護ぶりなんだぞ。守られてるに決まってるだろう。おれの頃なんて、どこからも助けてもらえず、なんの支援もなく、日本代表になっても、居酒屋でバイトしながら練習してたんだぞ。睡眠時間すらろくになかった。それなのにマスコミの連中がわんさかと来て……」

「昔の話はいいじゃない。今とあの頃とでは、時代が違うのよ」

「十年も変わらないだろう」

「でも、違うものは、違うのよ」

「陸上は、変わらない」

「なら、先生、陸上が変わらないのなら、選手も、変わらないんじゃないでしょうか？　まわりの環境が変わっても、選手の想いとか、気持ちは、変わらないんじゃないでしょうか？」

「純粋さは変わらないかも知れないが、人間の質みたいなものは、変わるだろう。環境が、人を作るからな。よくも悪くも」

「そうですかね？」

「容太」

「はい？」

「お前、関東甲州大学の多山修二って知ってるか？」

「はい。よく知ってます。うちの、セイバーの陸上部と多山のところとは、監督同士の付き合いで、しょっちゅう一緒に練習してますから。あっ！」

「え？　なに？　どうしたの？」

「じつは、多山は、実家が貧乏で、大学の方は、陸上の特待で入りましたから、学費は、ゼロなんですけど、生活費を稼ぐために、あいつも居酒屋でバイトしてるって言ってました。なんか、昔の為さんと同じですね？」

「うん。じつは、昔、おれがバイトしてた居酒屋で、かれもやってるみたいなんだよな。居酒屋の社長が教えてくれた」

「ええ？　そういうことってあるんだね？！」

「社長から、多山は、いい奴だから練習をみてやってくれって、ずっと頼まれててな」

「そうだったんだ……」

「どんな奴か会ってみたいんだ。容太、一度、連れて来てくれないか？」

「はい。じつは、あいつからも同じようなことを頼まれてまして。あいつ、為さんのこと、めちゃくちゃ尊敬してるんですよ。おれに会うたびに、為永さんに会いたい会いたいって。為さん、そういうの苦手かなって思って、なかなか言い出せなかったんですけど、こういうことなら、今度、ここに連れて来ます。あいつ、すごく喜ぶと思います」

「うん」

「ってことは、わたし、多山選手とも一緒に練習できるってことですか？」

「……ってことはわたしも？」

「美代ちゃん、沙矢ちゃん、よかったわね♪」

「はい！」

「美代ちゃん、それから、沙矢」

「はい……」

「桐原と多山の両方を見くらべて、どっちがおれに似てるのかをよく見極めるといい。そうすれば、おれが、さっき言ったことが、よく分かるだろう？」

scene1-10
【――その年の年末】Year-end

東新大学グランド。

鈴木、まや、雅子、聖子、みのり、桐原たちが、話している。

「今度の合宿の食事のメニューなんだけどさ、桐原に合わせて、おれたちも、いわゆる、食事制限メニューってのにしてみないか？」

「え？」

「マジっすか？」

「おれたちは、桐原とは違って、陸連の強化選手でもないから、いつも好きな物を好きなだけ食べてるじゃん。でも、桐原は、毎日食事制限メニューだ。だから、せっかくだから、合宿の食事メニューは、桐原に合わせて、おれたちもトップアスリート気分を味わってみようぜ！」

「なるほど。じゃ、そうするって、お母さんに言っとけばやってくれるとは思うけど、桐原くん、食事制限メニューって、具体的には、どんな感じなの？」

「チキンとトンカツとハンバーグだね♪」

「え？　それって、全然ふつうじゃん！」

「わたしとほぼ一緒……ある意味、不幸だわ……」

「うん。だから、今は、野菜を摂れっていわれてる」

「なるほどね」

「ちょっと待って、それって、チキンとトンカツとハンバーグをやめて、野菜だけを摂れっていわれてるの？　それともチキンとトンカツとハンバーグにプラスして、野菜も摂れっていわれているの？」

「プラスの方だね」

「マジで！　ふつうの食卓じゃん……」

「桐原、食事制限とか、やらないのか？」

「やってる人もいるみたいだけど、おれの場合は、あんまりやらないかな。だって腹が減ったら、走れないじゃん」

「たしかに……」

「じゃ、合宿の食事メニューは、ふつうってことで」

「そうだな……」

そこに、豊田、木島、倉橋たちがやってきた。

「いやぁ、今度の合宿はたいへんそうだぁ」

「どうしたんだよ、豊田？」

「さっき、星野先生が、電話してたのをたまたま聞いたんだけどさ、今度の合宿、星野さんの娘さんも一緒にくるんだって」

「あの、日本代表の高校生だよね？」

「うん……」

「実力は、完全に、おれたちより上……」

「マジかよ……」

「べつにいいんじゃん。そんなの」

「ほかにも、まだゲストがいるんだよ」

「だれ？」

「山坂容太選手と多山修二選手」

「マジっ……」

「マジ」

「それって、もう、うちの合宿っていうよりは、日本代表の強化合宿みたいなもんじゃん」

「そうそう。レベルが、すごすぎるんだな……」

「山坂選手も多山選手も、すごいけど、ふたりとも桐原のライバルじゃん……」

「そうよ、なんで、敵が、わざわざくるのよ？」

「そんなのありえないですよ。不幸よ不幸！」

「そうよ、不幸すぎるわよ！」

「おいおい、べつに、かれらは、敵じゃないだろ」

「敵です！」

「桐原の邪魔をする奴は、誰だろうと、わたしたちには、敵なんです！」

「じゃ、ある意味、お前が、いちばん敵かもしれないぞ」

「ええっ……」

「なんかリオデジャネイロオリンピックの選考会の前に、一緒に練習しとくのもいいんじゃないか、みたいな話をしてたな……」

「そういうことか」

「桐原くん、大丈夫？」

「う、うん……」

こうして、桐原と東新大学陸上部員たちは、一路、長岡での合宿をおこなうこととなった。

それは、桐原のために、平穏な練習環境を確保したい部員たちの気遣いによる長岡行きだったが、ゲスト参加も加わって、平穏だったはずの合宿は、一変して、日本代表強化合宿といえるほどのハイレベルな合宿になりつつあった。


長岡市は、人口約二六万四千人で、新潟県の中南部（中越地方）に位置し、中越地方では、最大の都市だ。新潟県では第二の都市として知られている。

上越新幹線で、東京から九〇分前後。関東自動車道だと東京から三時間ほどで着く。日本最大の河川である信濃川が南北に縦断しており、信濃川の両岸に沖積平野が広がっている。その向こうには、越後山脈の守門岳がそびえている。

年末

東新大学陸上部御一行は、上越新幹線で、長岡入りした。その道中は、とくに変わったことはなく、大学生たちの楽しい移動風景が見て取れた。

Sprint of KUSHIKI

Every one gets gold medal

scene1-11

【――翌年のはじめ】Next year

長岡市内合宿グランドにて。

走っている鈴木、本多、まや、雅子、豊田、木島、倉橋、聖子、みのり、そして、桐原。美代もいた。片隅に土橋と星野が見ている。

一月中旬。まだ、みんなの吐く息が、白かった。東新大学は、今年の箱根駅伝は六位だった。

大学陸上部は、ふつう箱根駅伝が終わると、冬休みに入るところも多いが、東新大学陸上部は、卒業する四年生と最後の合宿をする、という意味で、冬休みには入らなかった。どちらかと言えば、強化合宿というよりは、四年生のための謝恩会のような要素が強い合宿だった。

そこに、試作品を持った小山田、大城、綾乃がやってきた。一緒に、山坂と多山と沙矢も来た。

「どうもどうも～。ミズモ商事スポーツカスタム生産部の小山田でございます。このたびは、合宿の方、お疲れ様でございます」

「お疲れ様です」

「おい、大城」

「あ、はい、えっとですね、今回も、素晴らしい試作品の方をお持ち致しました！」

「うむ……」

と、土橋は、重たくうなずいた。

星野は、明るく、山坂に声をかける。

「あら、山坂くん、来たのね！」

「はい。あと、こいつらも、連れてきました」

「あら！」

「こんにちは。関東甲州大学上部の多山修二です。山坂さんにいわれて、一緒にきました」

「うん♪　これはこれは。それから、沙矢ちゃんもきてくれたんだ」

「はい！」

「美代が喜ぶわ♪」

「はい♪」

「じゃ、みんなに紹介しよう。おーい、みんなちょっと集まってくれ！」

ここに集まる鈴木、本多、まや、雅子、豊田、木島、倉橋、聖子、みのり、桐原、そして、美代。

「みんなに紹介しよう」

「わたし、ミズモ商事の大城でございます」

「お前じゃないだろ」

と、小山田が大城に、氷のような声質で言った。

「すいません……」

「ゴホンッ。知っている人もいるとは思うけど、日本代表メンバーの山坂くん」

「山坂容太です。よろしくお願いします」

「で、こちらは、関東甲州大学陸上部の多山修二くんだ」

「関東甲州大の多山修二です。今日は、山坂さんに連れられてこちらの合宿に合流しに来ました。よろしくお願いします」

「よろしくお願いします」

「で、こちらは、みんなも知ってると思うが、美人スプリンターで有名な福山大学の青山沙矢くんだ」

「よろしくお願いします」

美代が、仲良く手をふった。

「あのぅ、じつは、為さんからいわれてなんですけど……」

と、山坂が、口を挟んだ。

「為永が、どうかしたのか？」

「はい。桐原くんが、スランプに陥ってるんで、自分と多山と沙矢ちゃんとで、桐原くんと一緒に練習して、いい刺激を与えてこいって言われてます」

「桐原さん、よろしくお願いします」

と、沙矢が、笑顔で、挨拶をした。

桐原は、無言だった。

「なるほどな。おい、桐原」

「はい……」

「感謝しろよ」

「はい……」

「じゃ、早速、練習の方に合流してもらおうかな」

「はいっ！」

そのとき、小山田が、細い声で、

「あのぅ……」

と、土橋に声をかけた。

「なんですか、小山田さん？」

「はい、おい、大城」

「はい、あのぅ、この試作品の方なんですけども、桐原選手に試してもらってもいいでしょうか？　今回は、靴底とインソールに特殊素材を使いまして、裸足のような履き心地を実現してまいりました！」

「そうですか。試すのは構いませんが、お分かりだとは思いますが、練習の方が先です」

「ですよね♪　おい、大城、お前、もっと気をきかせろよ、気を！」

「いや、でも、今のは、小山田さんが」

「今のも前のもヘチマもないだろ。練習だよ練習。みなさん、そのために長岡まで来てるんだからな、……ですよね？」

土橋は、小山田を無視した。

「ハハハハハ……」

小山田、大城、綾乃たちは、土橋と星野に「ではあっちに行きましょう」と言われて連れて行かれた。

山坂と多山と沙矢は、ストレッチを始めた。そこに美代も加わった。鈴木、本多、まや、雅子、豊田、木島、倉橋、聖子、みのり、桐原は、そのままさきほどからの練習をつづけた。

「じゃ、せっかく山坂さんと多山さんと青山さんも来てくれてるから、おれたちは別れて、あっちで練習するとして、桐原は、山坂さんたちに合流ということで、いいかな？」

「うん」

鈴木、本多、まや、雅子、豊田、木島、聖子、みのり、倉橋はあっちに行った。ストレッチをしている山坂、多山、沙矢、美代に合流してストレッチをはじめる桐原。そして、ストレッチを終える山坂、多山、美代、沙矢、桐原。

「桐原くん」

最初に、桐原に声をかけたのは、山坂だった。

「はい……」

「ハッキリ言うけど、おれは、君より劣っているとは思わない。でも、君の方がなにかと運がいい。でも、今、君は、運に見放されているようだ」

「運ですか……？」

「おれが持っている運を少しでも君に分けてあげられたらいいと思ってここに来たんだ」

「山坂さん……」

「そうそう、スランプなんて気にしない、気にしない♪」

と、沙矢が、笑顔で言った。

「はい……」

「桐原さん」

と、多山が、鋭く言った。

「はい……」

「山坂さんや沙矢ちゃんはやさしいけど、おれは、違いますから。おれは、アンタが、どんな練習してるのか盗みに来ましたから」

「……」

山坂が、いいじゃないか、と多山のことを牽制した。多山は、まぁ、べつにいいですけどね、といった感じで、桐原から意識を逸らせた。

そして、山坂は、

「二か月後には、リオデジャネイロオリンピックの選考会がある。桐原くん、スランプなんか気にしてる場合じゃないぞ！　お互い、正々堂々と競い合いたいからな」

と、言った。

「はい」

と、桐原は、嬉しく返事をした。

「おれは、桐原さんがスランプのままがいいですよ。その方が、おれにチャンスが回ってくるってもんですから♪」

と、多山が、ボソッと言った。

「えっ、そんなの絶対ダメ。多山さん、それ超卑怯な考え方ですよ。絶対ダメですよ！」

と、美代が、思わず言った。

「そうかなぁ？　おれにはビッグチャンス到来だとしか思えないけどな！」

「それ、悪魔すぎます！　ね？」

「うん……でも、レースはつねに、勝負というか、競争の世界だからね……」

「だったら、山坂さんみたいに、正々堂々とやるべきですよ」

「うん……まぁ……」

「勝たなきゃ意味がないんだよ」

と、多山が、また鋭い声で言った。

美代は、黙ってしまった。桐原は、ずっと無言のままだった。そして、そのまま軽く走って行く桐原、山坂、多山、美代、沙矢。

かれらの練習風景を見守りつづけている小山田たち。この場において、スーツ姿のかれらは、どことなく不釣り合いに見えた。

大城が腕時計を見ながら、

「時間だけが刻一刻と過ぎていきますね……」

と、呟いた。

「しょうがないだろ。練習の邪魔はできないんだから」

「……ということは、今日も、おれは、家に帰れない……」

「大城さんだけじゃなくて、わたしだって、もう何日も家に帰ってないんですから、ひとりだけたいへんな顔しないで下さいよ」

「う、うん。でも、おれ、疲れ疲れておつカレーライス、なんちって♪」

「自分で自分のクビをしめるな」

と、小山田が、氷のような声質で言った。

「はい、すいません……」

そのとき、綾乃の携帯電話が鳴った。

「お疲れ様です、滝村です。はい、はい、今、代わります。主任、好美部長代理からです」

「うん。ただいま代わりました、小山田でございます」

「そっちの様子はどうなの？　もう試作品のフィッティングはしてもらったのかしら？」

「いえ、まだ、こっちに着いたばかりでして、これから桐原選手にお願いしようかと……」

「あのね、相変わらず、そんなに呑気にやってていいのかしら？　リオデジャネイロの選考会は、もうすぐなのよ！　もし、それに間に合わなかったら、あなた、降格にするわよ」

「はい……」

「わざわざ出張経費使って、長岡まで行かせてるんだから、しっかりやんなさいよ！」

「重々承知しております」

「もう一回言うけど、選考会に間に合わなかったら、あなた、降格させますからねぇ」

「はい……」

ガチャッと電話を切る浅見だった。

小山田の表情は、暗かった。

「……」

「大丈夫ですか？　主任？」

「うん……」

そこにやって来る星野。

「あのぅ、小山田さん」

「は、はい～……」

「為永の件なんだけど」

「は、はい……」

「テストランナーの件……断わられて、ゴメンね。やっぱり、あいつ、競争の世界は嫌だって。わたしの方から言い出したことなのに。すいません」

「それはそれは……それにつきましては、わたしどもの方からは、何とも言えませんよ。本来なら、わたしどもで、どうにかしなければならないことなのに、それをわざわざ為永さんに問い合わせてもらったわけですから、それだけで充分です。いろいろありがとうございます」

「いいえ。で、もしよかったら、うちの美代を、為の代わりといったらなんだけど、お貸ししますから」

「たしか、お嬢様は、高校生ながらに、一〇〇メートルの日本代表ですよね。試作品のデータは、たくさんあった方がいいに決まってますから、お嬢様の件、了解しました。ご配慮、ありがとうございます。では、わたしどもは、あっちで、しばらく見学させていただきますので」

と言いながら、向こうにトボトボと歩いて行く綾乃、小山田、大城。大城と綾乃は、心配顔と、小山田に対する抗議の顔が入り混じった表情をしていた。

ひとり、ここに残った星野のところにやってくる土橋。土橋はストップウォッチを手にしていた。

「まいったよ……」

「どうしたんですか？」

「抜き打ちで、桐原のタイムを計ったんだけど、まったく伸びがないんだよ。このままじゃ、選考会までには仕上がりそうにもないな……」

「間に合いそうにないってわけですね。山坂くんや多山くんや沙矢ちゃんにまでわざわざ来てもらったのに、意味なかったかしら……」

「なんともな……」

そこにやって来る山坂と沙矢。

「ここ、いい合宿先ですね」

「そ、そうか？」

と、土橋が答えた。

「ええ。マスコミもいないし、そもそも人も少ない。合宿で、籠って練習に打ち込むには、もってこいの場所だと思いました。ここ、うちでも使わせてもらってもいいですか？」

「うん。宿泊先のホテルは、うちの部員の実家だから、あとでそいつのことを紹介するよ」

「わたしにも紹介してもらっていいですか？」

「もちろん」

「ありがとうございます。ぜひお願いします。それにしても……」

「それにしても、なんだ？」

「桐原くん、相当、調子悪いみたいですね」

「……」

土橋は、何も答えなかった。

「必死に、スランプから抜け出そうとしてるのはよく分かるんですけど、その必死さが、空回りしてるっていうか、なんか、無理やりな感じがして、余計、ドツボにハマってるっていうか……」

「君もそう思うか……」

「はい。見ていてツラくなるぐらいです。あのぅ、自分が、言うべきことではないのかも知れませんけど、この際、思い切って、練習メニューを改善してみてはいかがでしょうか？」

「……」

「おれ、桐原くんを見ていて思ったのは、スランプから抜け出したいあまりに、練習にすごく力が入り過ぎてるんですよ。もっと言えば、リラックスできてないって言うか、肩に力が入り過ぎてるっていうか。たぶん、本人も、そのことに気がついてないと思います。それで思ったんですけど、練習に入る前のストレッチの時間を長めにとってみてはいかがでしょうか？」

「ストレッチの時間を長めにとる？」

「はい。たとえば、一時間とか。そうすれば、しっかりストレッチをすれば、その分、自然とリラックスして練習をこなせるんじゃないかなって思ったんです」

「ストレッチで、いつも以上に血のめぐりをよくすれば、筋肉も温まって、メンタル的にも前向きになると思うんです」

「なるほど……」

「ライバルとはいえ、やっぱり、正々堂々と勝負したいですから、選考会までには何とか本調子に戻ってくれるといいんですけど……」

「君たちの心意気に対して、桐原の専属トレーナーとして、お礼を述べよう。ありがとう」

「いえ。とんでもないです」

「じゃ、お礼と言ってはなんだが、君たちのフォームを少し見てやろうかな」

「ホ、ホントですか。土橋先生に見てもらえるなんて、ありがたい限りです！」

「ありがとうございます。ぜひお願いします！」

沙矢も大喜びだった。そして、土橋、山坂、沙矢、星野たちは、トラックの方へ行った。

フィールド付近には、桐原、多山、美代がいた。

「思ったよりたいしたことなかったな」

と、多山が、桐原に声をかけた。

「なんだと……」

「一流のトレーナーがいて、すばらしい練習環境もあるのに、当の本人には、成長のせの字もない」

「あのな、おれだって、高校のときはな」

「過去の話なんか、どうだっていいんだよ。こないだのユニバーシアード、おれに負けて、悔しくなかったか？　おれは、優勝できて、最高の気分だったけどな。今度の選考会、どうなるかな？」

桐原は、何も言えなかった。

「……」

「おれは、ずっと、アンタに勝ちたいと思って、どんな練習にも耐えてきた。ホントは、今日、ここに連れてこられたんじゃなくて、山坂さんにおれの方から無理やり頼んで、ここに来たんだよ。アンタが、どんな練習をしてるのかをこの眼でたしかめたくてな。おれよりも、もっとキツいのか、それとも楽なのか。今日、いろいろ見させてもらったけど、たいしたことねぇな」

「この野郎……」

怒りで桐原の顔が紅潮している。

「まぁ、黙って聞けよ。

アンタは、もうおれの敵じゃないって言ってるんだよ。いつまでも、アンタのことをライバルだと思ってたら、おれのレベルまで下がっちまうだろ？　おれはな、アンタとは違う。まだそのことに世間は気がついていないのかも知れないけど、ハッキリ言うが、九秒台はおれが出す。トップスピードを超えて、マキシマムスピードまでいってやる。もうアンタはおれのライバルでもなければ目標でもない。リオデジャネイロの代表権もおれがいただく。この合宿は、ある意味、おれにとっては最高の合宿だったよ」

　桐原は、何も言い返せなかった。

「……」

「もし、おれに勝ちたきゃ、もっと必死でやんなよ。あ、そうそう、そう言えば、高校のとき、学校の校庭が八〇メートルしかなかったんだってな。そんな状況のなかで、一〇秒〇一を出して、全国優勝したアンタは、たしかに、すごかったよ。すげぇカッコよかったよ。そりゃ、陸上界期待の星って呼ばれるようにもなるわなぁ。だからって、そのまま九秒台が出せるなんて思うなよ。マキシマムスピードで走ることは、そんなに甘い話なわけがねぇからな。まぁ、もっと必死でやんなよ。でなきゃ、アンタ、ホントに過去の人になっちまうぞ」

　多山は、鋭くそう言って、去った。桐原と美代は、気まずく、ここに残った。そこに、山坂と沙矢がやって来た。

「よぉ、ここにいたのか?」

「……」

「あのさ、ストレッチメニューを変更することになったんだけどサ。骨ストレッチっていうのを導入してみようかってことになってサ」

桐原は、山坂を無視して走り去った。

「な、何かあったの……？」

と、山坂に聞かれても、美代は、何も言えなかった。

桐原は、無我夢中で走っていた。こんな走り方をしたのは、初めてだった。何のために走っているかなんて、よく分からなかった。ただ、走りたかった。もっと言えば、もうここに居たくなかった。どこかへ行きたい。ただ、その一心で、ひたすら走った。

フォームとか、ピッチとか、そんなものは、もうどうでもいい。全身が、依然として、粘土のようで、入るべきところに力が入らず、伸びるべきところがまったく伸びず、このままそこにグニャッとなりそうだった。

せっかく、長岡に来たのに、桐原自身は、何も変わり映えがなかった。環境が変われば、どうにかなると信じていたが、実際のところは、環境ではなかったのかもしれない。自分自身に問題がある。自分の中に問題がある。そんなふうに、桐原は、感じはじめた。

そうしたら、急に、すべてが嫌になった。走ることも、生きることも。このまま走りながら、死んでしまいたかった。

だんだんと、息が苦しくなって、だんだんと、体を動かしにくくなって、だんだんと、スピードが落ちて、桐原は、そこで立ち尽くした。

そこは、スーツ姿の小山田たちが屯っている場所から、よく見える位置だった。

「あっ、桐原選手だ。おい、大城っ　チャンス到来だ」

「は、はい」

大城は、試作品のスパイクを持って、桐原に駆け寄った。

「桐原選手、このスパイク、今、試してもらってもいいでしょうか？」

「……」

「さ、どうぞ。こちらは、今までにない超画期的な靴底を実現しています！　さ、フィッティングしましょう♪」

「おい、大城……、ちょっと待て」

と、小山田は、大城のことを止めた。

「は、はい？」

「桐原選手、どうかなさったんですか？」

「……」

そして、桐原は、

「小山田さんたちは、いったい何のためにこんなことをやってるんですか？」

と、強く言った。

「な、なんのためにって、それは、桐原選手が、九秒台を出せるためにやってるんですが」

「会社に泊まり込み状態でやってますよ、はい」

「桐原選手に頑張って欲しくて、わたしたち、一生懸命やってます！」

とか何とか言っているときに、ここに、美代と山坂と沙矢もやって来た。

　桐原は、

「その試作品は、為永さんがやったやつですか？」

と、強く言った。

「いえ。テストランナーの件は、為永さんは、お断わりになられました」

「為永さんは、どうして断わったんですか？」

「それは、さほど詳しくは聞いてはいないんですが……はい。たぶん、為永さんは、競争の世界に飽き飽きしてるんじゃないでしょうか」

「……」

「わたくしどもも商社勤務なんてしてておりますと、どうしても他社と競合しあうといいますか、競争競争の毎日でございまして。それはそれで仕方がないのはよく分かるんですが、やっぱり、どうしても、競争なんかするよりホントは、もっと建設的なことをストレートにやりたいと言いますか、競争相手に勝つことで結果を出すんじゃなくて、もっと世の中のためになったり、人のためになることだけで結果を出したいって思うことがありまして。為永さんも、きっと、そんなふうにお考えになられたんじゃないでしょうか」

「……」

桐原は、真剣に、小山田の話を聞いていた。

「ねぇ、美代ちゃん」

と、小山田は、美代に促した。

「うん……、為永先生が、いつも言ってるのは、競争することよりも、陸上を通して、人間の可能性を広げることがたいせつだっていうこと。それで、テストランナーを断わったのは、桐原選手は、自分とはタイプが違うって、そんなふうに先生は言ってました」

「……」

桐原は、無言のままだった。

「さ、では、そういうことで、桐原選手、試作品のフィッティングの方をお願いします！」

と、大城が、割って入った。

「待て大城。そのタイミングは、絶対、おかしいだろ……」

「ですかね……」

「もし、今、あなたが、いろいろなことで迷ってるんだったら、なにもかも全部忘れて、自分が思うように、失敗を恐れずに、好きなように、やりたいようにやってみてはどうでしょうか？」

と、小山田は、桐原に語りかけた。

「桐原選手は、どうして陸上をはじめたんですか？」

「それは……最初は、兄が、陸上部だったんです。それで、おれも真似して、陸上部に入ったんです。体の使い方とか、呼吸の仕方とか、いろい ろ教わるようになって、それに、兄や家族とも、陸上を通じて、いろいろ話すようになって、それで陸上っておもしろいなって思って」

「今、陸上、おもしろいですか？」

「なんだか違うことをやっているような気がします。期待の星とか、スター選手なんて呼ばれるようになって、高校のときよりは、うんと環境もよくなりましたけど、なんだか違うことをやっているような気がします。好きなものが、嫌いになったというか……」

「この際、今ある目標、全部、捨ててみたら、どうでしょうか？」

「今ある目標を、全部、捨てる？」

「桐原さんの目標って、たぶん、リオデジャネイロに出ることと九秒台を出すことですよね？」

「はい。そうです」

「それを捨てるんです」

「ちょ、ちょっと主任、何言ってるんですか？　そんな無茶苦茶言わないで下さいよ。これには、うちの社運がかかってるんですよ！」

「そんなものは、この際、もうどうでもいいだろ。桐原選手、全部、とっぱらって、原点に戻ってみてはどうですか？」

「原点に戻る……？」

「美代ちゃん」

「はい……？」

「美代ちゃんは、陸上やってて、楽しいかい？」

「はい。楽しいし、走ってると、どんどん好きになります。辛いこととか苦しいこともたくさんあるけど、なんか元気になるっていうか、勝手に力が湧いてくるっていうか、だから、頑張れるっていうか、すごく楽しいです」

このときの美代の表情は、とてもすばらしかった。

「これですよ、桐原選手」

「……」

「好きなら好きでいいじゃないか、ですよ」

「好きなら好きでいいじゃないか……」

なぜか、小山田の言葉を聞いていると、桐原は、目に涙が浮かんだ。小山田が言っていることは、とても当たり前の話でしかない。好きなら好きでいいじゃないか。繰り返すが、こんな言葉は、とても当たり前の言葉でしかない。

なのに、なぜか、桐原は、目に涙を浮かべた。

scene1-12
【原点に戻る】Go back to the start

前に進むだけが人生ではない。ときには、振り返り、戻ることだってある。だけど、どうしても、人生は、一方通行のエスカレーターのように、勝手に、前に前に進むだけの物のようにたとえられたり、そうとしか思えないようにされてしまうときが、多々ある。でも、ほんとうは、しんどくなれば、立ち止まればいい。分からないときは、振り返ってみればいい。そして、ときには、戻ってみることも。

好きなら好きでいいじゃないか。それ以上でも、それ以下でもない。それは、当たり前であって、それは、とても強い意味のある言い分だった。

合宿も、いよいよ終盤を迎えていた。そこに桐原、山坂、そして、多山がいた。

「おれなりに、君には礼儀を尽くしたつもりだよ。あとは、君自身がどうやってスランプを

原点

抜け出すか、それしかない」

と、山坂が、やさしく話していた。

「日本中が、アンタに注目してるみたいだけど、おれは、もうアンタのことはどうでもいい。選考会で勝って、リオの切符を手に入れて、九秒台を出すだけだ」

と、多山が、威勢よく話していた。

「……」

桐原は、終始、無言だった。

「おたがい、ベストを尽くそうな」

「山坂さんは、相変わらず、やさしいなぁ」

しかし、多山は容赦がない。桐原に、

「あのさぁ、やっぱり、甘やかされてるだけじゃダメだと思うけどなぁ。おれは、応援してくれている人たちの期待を裏切らないように、必死でやってるよ。辛くても、毎日、必死にやってるよ。アンタには、そういうもんがないんだよ」

「おい、多山」

「いわせて下さいよ。勝負には勝つか負けるかしかねぇんだよ。真ん中は、ない、まぁまぁもない。勝つか負けるか、それだけだ。甘ったれてちゃ、勝つことは、できない。この分だと、アンタは、勝てないだろうな。ずっと甘ちゃんのままで、ずっと負けつづけるだろうな。勝ちたきゃ、やれよ。勝ちたきゃナ」

「……」

桐原は、無言のままだった。

「じゃ、行きましょうか」

「おう」

去る山坂と多山と入れ違いに、そこに鈴木、まや、本多、雅子、豊田、木島、倉橋、聖子、みのり、祥子、美代たちがやって来て、「桐原、がんばれよ」とか「桐原、頼むぞ」とか「桐原くん負けないで」といった声援を贈った。

こうして、長岡での合宿が過ぎ去り、リオデジャネイロオリンピックの選考会が近づいてきたのだった。

第二部

scene2-1

【翌年・春】Next Spring

リオデジャネイロオリンピック選考会。

──歓声が、すごかった。

「……やってまいりました、駒沢記念陸上競技場。これより、リオデジャネイロオリンピックの代表権をかけた選考会男子一〇〇メートル決勝がおこなわれます！」

アナウンスが、場内に響きわたると、歓声が、それまで以上に、沸きおこった。

スタート付近に現れる多山、桐原、山坂。ほかの選手たちも現れた。

「……第三レーンの多山、いい表情をしています。次いで第四レーンには桐原。スランプから抜け出して代表権を獲得できるのでしょうか？　そして、第五レーンには、山坂。現在の陸上短距離界のスター選手が一気に勢ぞろいして、これよりリオデジャネイロオリンピック一〇〇メートルの代表権が争われます！」

——選手紹介のアナウンスにさらにどよめく歓声。

——スターターの「On Your Mark」「Set」の声。

「ズドンッ」

というスタート音とともに、一斉に、走り出す多山、桐原、山坂。

一斉に、歓声が、会場内に響きわたる。

そして、一〇秒弱で、歓声の音色が変わる。

「一着、山坂容太、速報タイム一〇秒〇八、二着、多山修二、速報タイム一〇秒〇九、三着、三原飛鳥、一〇秒一〇、そして期待の桐原は、大きく遅れて五着、タイムは一〇秒三四に終わりました……」

トラックで、うなだれている桐原。勝子が、桐原にシャッターを当てている。そして、現れた三島が、

「桐原選手、今のお気持ちをお聞かせ下さい！」

「……」

「ライバルの山坂選手と多山選手の走りはいかがでしたか？」

「……」

桐原は、無言のままだった。そして、立ち去る桐原のことを三島は追ったが、足がもつれて、その場に転げた。そんな三島にシャッターを当てる勝子。

「うぅぅ……お、おれを撮ってどうする……？　桐原選手を追え！」

「今日の桐原選手には、余裕で、追いつけそうな気がします！」

「なんでもいいから、とにかく、はやく追え！」

「はっ、はい」


日本のマスコミというものは、世界中のマスコミの中でも、少し、特殊な存在である。マスコミというものは、たしかに、人の不幸を売り物にする残酷な面もある。しかし、そこには、限度というものがある。

ところが日本のマスコミは、海外のマスコミと比べると、何時いかなるときも、人の不幸だけを集中的に狙う歪(いびつ)な特殊さがある。

それが、おもしろかろうが、つまらなかろうが、そんなことはどうでもよく、いかに不幸か、いかにみじめか、そのことだけを克明に浮き彫りにさえすれば、マスコミとしての使命が果たされたと勘違いしているソースが多いのが、日本のマスコミの特徴である。

本来、報道というものは、公平な立場から、人々に対して、事実なり、情報なりを伝えなければならない。しかし、日本のマスコミは、事実を多少、湾曲させてでも、不幸やみじめさを描いて伝えようとする。

このことが、人々を、どれだけ不快にさせて、どれだけ萎縮させて、今まで、どれだけの可能性を奪ってきたのかについて、日本のマスコミは、一切、触れようとはしない。当然、そこに謝罪もない。あるのは、権力と株主とスポンサーに対する体面保持だけだ。

われわれの社会にとって、必要なものは、事実と、未来への可能性を助長する力であり、その逆は、必要ない。事実を、おもしろおかしくズラして、人々の可能性を押しつぶすような存在は、われわれの社会にとって、不必要でしかないといえる。

しかし、日本のマスコミは、国民の要望に反するかのように、ひとりよがりで特殊な姿勢だけを、もう何十年間も貫きつづけてきた。人々に「見てもらうもの」ではなく「見せつけて、その気にさせて、限定された価値観を広めて、都合よく人々を洗脳するツール」として君臨している。

そして、この卑劣な行為は、たとえ、オールドメディアと呼ばれようとも、今後も、つづくことだろう。

scene2-2
【春】Spring

競技場裏のベンチで。

放心して、うなだれている小山田、大城、綾乃。美那は冷静だった。そこには、疲労しきった三島と勝子もいて、うなだれていた。

「ダメだったな……」

「そうですね……」

「主任が、あのとき、あんなこと言ったからなんじゃないですか？」

「えぇっ……？」

「合宿のとき、桐原選手に向かって、目標を全部捨てろとか、好きなら好きでいいじゃないかって……」

「まぁな……」

そこに浅見が現れる。

「はいハ〜イ」

「お疲れ様です」

「桐原選手、ダメだったわねぇー」

「すいません……」

「では、そういうことで、小山田ァ！」

「はい！」

小山田が背筋を伸ばして返事をする。

「本日付けで、あなたは降格。主任の任を解き、これからは、イチ平社員としてやってってもらいますからねぇ」

「はい……」

「えっ？　主任……」

「もう、この男は、主任じゃないのよ！」

と、浅見が、吐き捨てるように言った。

「は、はい……あのぅ、小山田さん、そういうことになってたんですか？」

「じつはな……」

「だったらだったで、どうして前もってこのことをわたしたちに言ってくれなかったんですか？」

「言ったって、変わるもんでもないだろう」

「で、でも……」

「あのぅ、部長代理」

大城が浅見に問いただすように訊ねた。

「なんだ、大城？」

「主任は、いえ、小山田さんは、このままうちの部にいてもいいんですよね？」

「今のところはね。こんな使えない奴の配属先なんか、どこにもないでしょうよ。とりあえず、スポーツカスタム生産部に残留して、このままスパイク開発をつづけてもらうしかないわぁ。まぁ、この分だと、それもいつまで持つか分からないけどねぇ」

「はい……」

「小山田ァ」

「はい！」

「つぎ、しくじったら、子会社に出向でもしてもらいましょうかね？　誰かが責任をとらなきゃならないでしょう？」

「はい。分かりました……」

「では、みなさん、ご機嫌よう～」

と、言いたいことだけをいい放って、浅見は去っていった。

「みんな気にするな。これで丸く収まればいいんだ」

と、小山田はいった。

「で、でも……」

「そんな……」

　哀切な言葉がつぶやかれた、そのとき、

「リベンジするのよ！」

と、美那が、強くいった。

「リベンジ？」

「そうよ。今回、桐原選手は、リオ五輪の選考会で結果を出せなくて、一〇〇メートルの日本代表にはなれなかった。でも、九秒台を出すチャンスはまだある。桐原選手が、絶対、九秒台を達成できるような立派なスパイクを作って、今回のリベンジをするのよ！」

「はい……」

「でも、スパイク開発は、今まで、散々試作品を作ってきましたけど、どれもこれもダメ。いったいどうすればいいんですかね？」

と、綾乃がつぶやいた。

「綾乃がいうように、桐原選手のオーダーは、とてもむずかしい。ひと筋縄ではいかない。スパイクとしてのテクニカルな部分だけじゃなくて、かれは、履いた瞬間の感触とか、精神的な面でのリクエストもしてきている。そこで、わたしたちは、水道橋大学陸上部のメンバーに協力してもらって、テストランナーに頼ることで、試作品を作りつづけた。しかし、そこには、ひとつの大きな問題があった。それは、テストランナーと桐原選手の実力の違いと性格の違い。その差が、あまりにも大きかった。だから、せっかくテストランナーでデータを集めても、その反映力がいまひとつ弱くて、桐原選手のリクエストになかなか応えられなかった。じゃ、わたしたちは、これからどうするべきか？」

「どうすればいいんだ？」

みんなの目が、美那に集中する。

「ひとつは、スパイク作りの方向性を、思い切って、真逆の発想でいってみる。今までは、軽量化をめざしたけど、これからは、逆に、重たいスパイクを作ってみる」

「う～ん、それは却下だな」

「自分もそれナシです」

「わたしも。それは、やめといた方がいいと思います」

否定された美那だが、まだまだ毅然としている。

「なら、次のひとつ、試作品をひとつずつ作るんじゃなくて、いろいろ違うタイプをまとめて、たとえば、一〇足ずつ作って、桐原選手に、一気にフィッティングをしてもらうとか」

「う～ん、それは、結果的に、桐原選手の練習の邪魔をすることになるから、却下します」

「自分もナシだと思います」

「わたしも、むずかしいかなって、思います」

「なら、わたしが考えつく最後の策としては、テストランナーを変更することね」

「……」

一瞬の沈黙は、ひょっとしたらという希望を見出したような感じだったが、

「それは、アリかな、とも思いますが、桐原選手の代走をできるほどのテストランナーが、なかなか見つかりませんよ」

「うん。いたらもうとっくにやってるってところですかね……」

　綾乃も大城も美那も、力なく、下を見た。

「ああっ！！いるぞ。桐原選手の代走ができる完璧な人がいるぞ！」

と、小山田が叫んだ。

「そ、それは誰ですか？　あっ、美人アスリートの青山沙矢ちゃんですか？」

「女子と男子とでは、スパイク作りの基本が、違うでしょ……」

「で、でも、沙矢ちゃんは、日本記録持ってるし、とにかくすごい美人ですよ！」

「顔は、関係ないでしょ……」

と、美那が、どんよりと諭すと、小山田が、自信たっぷりに名を告げた。

「為永清司さんだ」

　その名前に、みんなが左右の顔をうかがい合う。

「為永清司さんって……その人には、断られたんじゃないんですか？　たしか、東新大のトレーナーの星野さんが直談判しても、ダメだったんですよね？」

「そうなんだけど、あのときと今とでは、状況が違うから。もう一回頼んでみたら、もしかしたらいけるかも？」

「それ、かなりのバクチですね」

「でも、ほかに策はないだろう？」

「まぁ、はい……」

「こうなったら、ダメもとで、為永清司さんにトライしてみるか！」

「はい……」

小山田は、ひとりやる気満々だったが、綾乃と大城と美那は、シラけ気味だった。

scene2-3

【為永陸上教室】Classroom

隅田川沿いの河川敷で、いつものように練習している美代がいた。沙矢もいた。彼女たちをコーチしている為永とマリもいた。

そして、山坂と多山もいて、熱心に練習をしていた。そこにやってくる小山田、大城、綾乃、美那。三島と勝子もついて来ていた。

「あ、小山田さん……」

と、美代が、声をかけた。

「どうも小山田でございます」

小山田たちの存在に、為永は気がついたが、自分から何かを言い出すことはなかった。

「……」

「先生、こちらは、桐原さんのスパイクを作ってる会社の小山田さんです」

と、美代が、小山田のことを為永に紹介した。

「ただいま、ご紹介いただきました、ミズモ商事スポーツカスタム生産部の小山田でございます」

「為永陸上教室の為永です」

為永は、挨拶こそしたが、小山田に対しては、これといった興味はないといった感じだった。

「小山田さん、みなさん、お疲れ様です！　合宿ぶりですね！」

と、山坂が、元気よく挨拶をした。

「これは山坂選手、そして、青山選手。おふたりとも、代表入り、おめでとうございます！」

「ありがとうございます」

「みなさん、ご無沙汰してます」

「これは多山選手、代表入り、おめでとうございます！」

「はい！　どうもありがとうございます！　桐原選手は、残念でしたね？　せっかくスパイク作ったのに」

「まぁ、はい……」

「もう桐原選手のじゃなくて、おれのスパイクを作ってくださいよ！」

「正式にご依頼があれば、快く承ります」

「そうですか。じゃ、そのときに、また、ということで」

と、さりげない会話をして、多山と山坂は、あちらの方に行った。

小山田は、恐る恐る為永に話しかけた。

「あのぅ、為永さん……」

「……なんでしょうか？」

「じつは、為永さんに、ご相談したいことがございまして」

「ですから、なんでしょうか？」

「あのぅ、わたくしどもは、さきほど、美代ちゃんが、おっしゃられました通り、桐原選手専用のスパイクを開発しておるのですが、その開発にあたってですね、テストランナーを探しておりまして、そのぉ、テストランナーというのはですね」

と、そこまで話したところで、為永が、言葉を挟んだ。、

「知ってます。自動車で言うところの、テストドライバーみたいなのですよね？」

「はい、その通りでございます。その役目を、できれば、為永さんにお願いできたらと思いまして」

「その話なら、前に、もうお断わりしたんですが」

「それは存じ上げております。東新大の星野さんからのお話だったと思いますが、そこをなんとか、お考え直していただけないでしょうか？」

「そういわれましてもね」

「そこをなんとかお願いできないでしょうか？　ぜひとも、為永さんにテストランナーをお願いしたく思います！」

「……」

「お願いします！」

「……。どうしても、テガラが、欲しいってわけですか？」

「テガラって……べつに、わたしは、そういうわけではありませんでして」

「なら、どうしてそんなにこだわるんですか？」

小山田は、つい、なにも言えなくなってしまった。そのとき、綾乃が、

「先日、小山田さんは、降格させられたんです！」

と、口走った。

「降格……？」

「桐原選手が選考落ちした責任を取らされて、イチ平社員にされたんです。だから、わたしたちは、リベンジしなきゃならないんです！」

「リベンジ……？」

「為永さん、お願いします。テストランナーの件、どうかお引き受け願えませんでしょうか」

　綾乃だけでなく、大城も美那も、

「お願いします」

と、辞儀を正して嘆願した。

　為永は、

「つまり、それは、ようするに、自分たちの都合ってやつですよね？」

と、冷たく言った。

「ま、まぁ……。そういう言い方もできなくはないかもしれませんけど……」

「自分は、昔から、そういうのが、嫌だったんです」

小山田は、為永をジッと見た。

「……」

「お前のためだとか、日本陸上界のためだとかいいながら、ほんとうは、みんな自分の都合を押し通したいだけで、いたずらに人の競争心を煽ったり、やみくもにプレッシャーを与えたり、どうにかこうにかして自分のエゴを実現しようとするだけ。そのくせ雲行きが怪しくなれば、すぐに責任逃れをする。最後まで一緒に走ろうとする者はいない。あなたたちだって、そうでしょう。このまま、桐原が、結果を出せなかったときは、結局は、すべてを桐原ひとりのせいにする。今は、調子よくリベンジだなんていってますけど、そう言いながら、ちゃんと計算してる。桐原のことを見捨てるタイミングも探してる。人間のことをそんなふうに扱ってもいいんでしょうか?自分には、そんなマネ、できません。人を人と思わぬような、そんなやり方に付き合えといわれても、自分には、できませんね」

「わたしは、そんなつもりはありませんよ。それに、かれらにも、そんなつもりはありませんん」

「そうですかね……」

為永は、あくまでも懐疑的だ。

「じつは、リオの選考会の前に、桐原選手にこんな話をしたんです。この際、今ある目標、全部捨ててみたらどうでしょうかって。一回そういうの全部とっぱらって、失敗を恐れずに、好きだった陸上を好きなように思い切りやってみてはどうかって。原点に戻ってみるのもいいんじゃないかって。その結果、桐原選手は、選考、落ちしました。わたしが、余計なことを言ったからかも知れませんが、わたしたちが、桐原選手に抱く想いは、自分たちの仕事の結果のためではなくて、かれに、好きな陸上を好きなようにやらせてあげたいんです。そのためのスパイクをわれわれは作りたいんです。どこまでも純粋に。かれは、それを裸足のようなスパイクと言いました。わたしは、それを、純粋なスパイクだと思いました。桐原選手が、誰かのくだらないエゴや意味のないプレッシャー――に負けないような、純粋なスパイクを作るためには、誰よりも純粋な方の協力が必要です。わたしの知る限りでは、それができる人物は、為永さん、あなたしかいません」

「……。お気持ちは分かりましたが、すいませんが、お断わりします」

「あなた……」

と、マリが、残念顔でつぶやいた。

為永はそれ以上、もう、何も言おうとはしなかった。

教室

「……」

マリは、

「桐原くんが、代表になれなかったニュースを見て、あなた、あいつの気持ちが痛いほど分かるっていって、テレビの前で泣いてたじゃない」

と、思わずいった。

「お前は、黙っててくれ。みなさん、すいませんが、もうよろしいでしょうか？」

「……」

小山田は、黙ったままだった。

「先生！」

と、美代がいった。

「なんだ？」

「桐原選手と多山選手のどっちが先生に似ているかって件なんですけど、わたしが思いますに、桐原選手の方が、先生に似ていると思います。桐原選手も、先生と同じように、純粋に陸上をやりたがっています」

沙矢も、話し出した。

「それに、桐原さんは、大学に入ってからは、高校のときよりも練習環境がよくなったそうですけど、なにかが違うって言ってました。好きなものが嫌いになったとも言ってました。先生、一度ジックリ、桐原選手とお話しになられてみてはいかがでしょうか？」

「……。なら、一度、連れてこい」

為永は、少し考えてから、こう言ったのだった。そして、指導に行ってしまう為永の後を追う美代とマリ。沙矢は、ここに残った。

小山田は、無言のまま、その場に立ち尽くしていた。

「小山田さん……」

と、美那が、声をかけた。

「とにかく、おれたちは、おれたちだけでやるしかないみたいだな」

と、小山田は、歯を食いしばって、言った。

そして数日後。

美代と沙矢が、為永の前に、桐原のことを連れてきた。

「先生」

「……」

　為永は、桐原を見ても、無言のままだった。為永の傍に、心配顔のマリがいた。そして、

「美代と沙矢が、どうしても会って欲しいっていうもんだからさ。こいつ(マリ)にもせっつかれてな……」

と、為永は、桐原に言った。

「はい……」

　桐原は、返事をするのがやっとだった。

「専用のスパイク、作ってるそうだな？」

「はい。みなさんにご協力いただいてます」

「お前、そういうの、贅沢だと思わないか？」

「そう思います。でも、辞めるわけにもいきませんし」

「それは、どういう意味だ？」

「周りの環境が、どんどんよくなって。それは、いろんな人たちが、自分に期待をしているからであって、それはそれで受け入れなければならないと思うんですが、いろんなことがどんどん進んでいって、自分では、もう、どうすることもできない状況になってしまってい

て、正直、苦しいです……」

　桐原は、胸の内を、為永に話した。そして美代が、

「桐原選手はね、高校のときは、八〇メートルしかない校庭で練習してたの。大学に入って、練習環境もよくなって、でも、好きだった陸上が、嫌になってしまったそうです」

「……。どうしてだ？」

「純粋じゃなくなったような気がします。なんか、自分が、誰かの操り人形みたいになったような気がして、走っていても、走っている気がしないんです」

「だったら、陸上なんか、辞めたらどうだ？」

「それも……できません。陸上を辞めたくはありません。ぼくには、走ることしかありませんから」

「ほう……。お前は、なんのために走ってるんだ？」

「自分は、兄の影響で陸上をはじめました。陸上をやるようになってから、兄や家族との会話も増えました。それで陸上っておもしろいなって思って、走ることで、自分の人生が豊かになったと思いました。陸上は、走ることは自分の人生なんだって思いました。今、自分は、九秒台に最も近いなんて言われてますけど、ほんとうは、自分にとっては、九秒台とか

はどうでもよくて、ただ走れればいいんです。自分らしく走れればいいんです」

「なるほどな。しかし、九秒台を出すことは、アジア人の可能性を広げることに大きく貢献できるとは思わないのか？」

「それは思います。九秒台を出せればいいんですが、今のところ、正直言って、その自信はありません。あのぅ……？」

「なんだ？」

「為永さんは、どうして早期引退なされたんですか？」

「それは……今のお前と同じ気持ちになってたからかな。お前を見てると昔の自分を思い出すよ」

「分かりました。でも、ぼくは、まだ引退できません。このままでは、まだ終われないんです」

選手としての、何らかの形での終止符。桐原は、このまま、不調のまま消えていくことも覚悟しているように見えた。

「……」

「先生」

沈黙をやぶって、美代がいった。

「ん？」

「先生も、もう一度走ってみませんか？　桐原選手と一緒に」

「……」

「先生、お願いします」

と、こんどは沙矢もいった。

「あなた……わたしからもお願いします……」

と、マリもいう。

「……」

「わたしは、今のままでいい。今が駄目だなんて絶対思わない。でも、挑戦して欲しい。人間の可能性を諦めたくない。もし、それが、あなたにできるのなら、わたしは、ぜひあなたにやって欲しいの。妻として、ひとりの人間として。だから、お願いよ、あなた……」

「そうだな……それもいいかもな」

「先生……」

「よろしくお願いします」

と、桐原は、進んで頭を下げた。

「……分かったよ」

scene2-4
【そして】And

ミズモ商事スポーツカスタム生産部フロア。

いくつかの試作品のスパイクを前にして、小山田、大城、綾乃、美那がいて、会議をしている。三島と勝子も、同席している。三島は、メモをとっていた。

「ピンの数は、全体の重さを考慮すれば、六本が限界です。これ以上増やすと、重さのせいで、足にスパイクの感触が、絶対に残ります」

「うむ……」

「インソールと靴底も、桐原選手の足のカタチに合わせて、限界まで調整してます」

「うん……」

「もう手の施しようがないところまでやってますよ」

「たしかにな……」

「これで勝負するしかないですよ」

「でも、正直言って、どれもこれも、桐原選手に断わられたモデルの延長線上のクォリティーしかない。ダメな物の上には、なにを乗せたって、ダメかもしれない」

「しかし、ほかに手はないですよ」

小山田をはじめとしたミズモ商事スポーツカスタム生産部のメンバーたちは、何日も会社に泊まり込み状態で、疲労の限界まで達していた。そこに、美代、沙矢、そして、マリがやってきた。

「こんにちは♪」

「やぁ、美代ちゃん、青山選手。これは、為永さんの奥さま、こんにちは。今日は、どうなさったんですか？」

「はい……」

後ろに、誰かがいるような気配がする。

「先生」

と、マリが声を投げかけると、為永と桐原が入ってきた。

「為永さん！」

「桐原選手！」

「どうも。お疲れ様です」

小山田たちは、やや唖然となった。為永と桐原が、ここに来る意味がよく分からなかった。

すると、

「小山田さん」

「はい！」

と、為永が声をかけ、話しはじめた。

「先日、小山田さんがおっしゃってた純粋なスパイクっていいですね」

「えぇ……」

「もし、ほんとうに、純粋なスパイクが作れるんでしたら、見てみたいと思いましたよ」

「はい……」

そして美代が、為永に、現在の試作品を見せた。

「先生、これ見てみて下さい」

「うん」

為永は、試作品をジッと見てから、試作品を履いた。

「これ、素材は、何を使ってるんですか？」

「素材は、現在の素材技術では最高の、もっとも軽い繊維で編んだ一級品の素材を使用しています」

「軽さを追及しているのは分かりますが、裸足のようで、皮膚のようで、というのであれば、素材の軽さにこだわるよりも、素材の感触にこだわってみてはどうでしょうか？」

「素材の感触……？」

「これだと、まだスパイクを履いてるっていう感触がどうしても残りますね。ですから、この際、多少、軽量化は無視して、感触のいい素材を試してみたらどうでしょうか？」

「感触のいい素材？……」

「人間だけでなく、すべての生き物には、感触というものがあります」

「そうですね」

「感触は、九つあるといわれています」

「九つ……」

「目、耳、鼻、舌、身を五識といい、意識、末那識、阿頼耶識、阿摩羅識の四識を足して、合計で、九識」

「九識……」

「人間を人間と見ず、たとえば、人間のことをたんなる労働力としてみたり、たとえば、今だと、人間のことをたんなるデータとしかみないとか、やれ筋力がどれぐらいだからこういう数値にしようとか、身長がどうだから空気抵抗の数値をこうしたんだとか、すべてを、量や数字でしかとらえなくなってしまう」

「まぁ、たしかに。計算は、大事ですからね……」

「でも、人間なんですよ」

「……」

「人間には、気もあれば、心もある。それは、データではない。それは、決して測れるものでもない」

「……」

「とかくなにごとも数字にこだわりがちですけど、人間性を無視したら、本末転倒」

「……」

「ロボットのスパイクを作ってるんじゃないんだから」

「はい……。それはよく分かります。では、どうしたらいいんでしょうか？」

「たとえば、メッシュ素材なんかどうですか？」

「……」

「あっ、メッシュ素材だと、メッシュを作るために一本一本の繊維の線が太くなるからその分、余計に素材の感触やスパイクの感触を感じやすくなるってことですか？」

と、思わず、大城が、叫ぶようにいった。

「通気性ですよ、通気性」

「通気性？」

「素材によって、スパイクの内側と外側を仕切ってしまうから、そこに温度差が発生して、いわゆる、履いているっていう感覚を感じるようになると思います。でも、メッシュ素材にすれば、メッシュ穴のおかげで温度差がなくなって、うまくいくんじゃないでしょうか？じつは昔、自分もメッシュ素材のスパイクを履いていたことがあるんですよ。メッシュが一番いい」

「なるほど……」

「小山田さん、メッシュでいきましょう。軽量化についてはあとで考えればいいじゃないですか。桐原選手もそれでいいですか？」

と、大城が、ハリキって、そう言った。

「よし、ならそういうことでいってみよう！　桐原選手もそれでいいですか？」

「はいっ！」

そして

Sprint of KUSHIKI

Every one gets gold medal

scene2-5
【――秋】Next Spring

東新大学陸上部監督室。

土橋と星野がいる。そして、鈴木、本多、まや、雅子、豊田、木島、倉橋、聖子、みのり、桐原がいる。

「鈴木とまやは、もう卒業だな」

「はい。四年間、お世話になりました」

「こちらこそ」

「いろいろありがとうございます」

「主将と副主将のふたりが引退するわけだから、このなかから、次の主将と副主将を決めなきゃならんなぁ」

「はい。で、自分とまやとで考えたんですけど、次の主将は、桐原。副主将は、雅子がいい

秋

かなって」

「桐原、雅子、どうなんだ？」

「はい、新主将として、がんばりたいと思います」

「雅子は？」

「伝統ある東新大学陸上部の副主将に恥じないよう、精一杯がんばりたいと思います」

「うむ……」

「桐原……」

と、鈴木が、桐原に話しかける。

「はい」

「リオデジャネイロの件は残念だったな」

「はい……」

「でも、お前なら、また次のオリンピックだって狙えるし、それに、まずは半年後にひかえた全日本インカレだってある」

「はい！」

「おれは、その頃はもう新聞社の新米社員として仕事をさせられていて、たぶん、陸上はやってないと思う。東新大学で、お前と一緒に練習できたことを誇りに思うよ。これからは、新しい主将として、みんなを励ます立場でがんばってくれ！」

「はい」

「あと、雅子もがんばってね♪」

「な、なんかわたしへの言葉が短すぎないですか？」

「短距離だから♪」

「幸せです！」

「そうです！　とっても幸せです！」

みんな、笑っていた。

そこに、試作品を携えた、小山田、大城、綾乃、美那、、美代、沙矢、マリ、そして、為永がやってきた。

「毎度どうも～♪　ミズモ商事スポーツカスタム生産部の小山田とゆかいな仲間たちでございます～♪」

「小山田さん、また桐原の試作品ですか？」

「はい。すばらしい試作品をお持ち致しました」

「今日は、為ちゃんも一緒なのね？　美代と沙矢ちゃんもね？」

浅見は、挨拶もそこそこに「おい、大城」と呼び出しをかける。

「はい、えっと、ですね、今日お持ちしました当社の試作品・キリハラタメナガスペシャルはですね、特殊なメッシュ素材を使用して、裸足感覚を実現した完全無欠のスペシャルスパイク六本仕様でございます！」

「それ、もしかして、為、お前が考案したのか？」

と、土橋が、食い入るようにいった。

「はい、そうです」

「じゃ、お前が、テストランナーをやったってことか？」

「はい、そうです」

「なるほど。じゃ、今までのやつより、今日のは、期待できそうだな」

「そうだと思いますよ」

「それでは、桐原選手、お取り込み中のところ申し訳ないですけど、フィッティングの方、お願いしてもよろしいでしょうか？」

「はい！」

ササッと、大城と綾乃と美代が、桐原の足元に行って、スパイクを履くのを手伝った。

桐原、スパイクを履いて、

「……こっ、これ、今までのとは、全然違いますね……」

この言葉を聞けて、大城、綾乃、そして、美那は、ニンマリ顔になる。

「純粋なスパイクですよ、純粋なスパイク♪」

「はい。ちょっと、トラックで走ってきてもいいですか？」

「も、もちろんですとも！」

すぐに出て行く桐原、大城、綾乃、美代、沙矢、鈴木、まや、雅子、豊田、木島、倉橋、聖子、みのり、三島、勝子たち。

土橋、祥子、小山田、為永、マリは、ここに残った。

「為ちゃん」

「はい……」

「やっぱり、協力してくれたのね」

「ええ……」

「為ちゃんなら絶対やってくれると思ってた」

秋

「まぁ……」

「為……」

「はい」

「お前、よかったら、うちの大学でトレーナーやらないか？」

「えっ……？」

「どうやら、おれひとりじゃ、あいつの面倒、見切れんかも知れんのだよ……」

「あいつって、桐原のことですか？」

「うん……」

「分かりました。自分でよければ、トレーナー、引き受けさせてもらいます」

「うん。あ、そうだ、なら、マリちゃんにも頼もうかな」

「えっ……？」

「マリちゃんは、八〇〇の元日本代表だからな。立派なトレーナーになれるだろう。うちには、女子部員もいるからな」

「は、はい……」

土橋は、為永に向き合うと、

「これが、今のおれが、お前にしてやれることのすべてだ」

「ありがとうございます」

「礼には及ばん」

そこに綾乃と美代と沙矢が戻ってきて、

「小山田さん！」

「は、はい……なんでしょう？」

「ＯＫが出ました！　桐原選手から、スパイクのＯＫが出ました！」

「桐原さん、超喜んでくれてます！」

「一番いいって！」

「や、やったぁ……」

「今日のスパイク、完璧だそうです！」

「やったぁー！」

そして、小山田は為永に、

「為永さん、ありがとうございます」

と、お礼を述べた。

秋

Sprint of KUSHIKI

Every one gets gold medal

scene2-6

【為永陸上教室】Classroom

ペットボトルが並べてある。タテ置きのものとヨコ置きのものが並べられてある。そこを美代が、跨いだり、スラロームのように走って、ひとりで練習している。そして、そこにやってくる桐原。

「美代ちゃん」

「はい……」

「おれ、美代ちゃんに、まだお礼をいってなかったね。美代ちゃん、いろいろありがとう」

「いえ……」

「ところで、この練習は……？」

「あ、これ、自主練です。わたし、小学校の頃からずっとこれをやってるんです。エチオピアでやられてた練習方法なんですけど、高い設備を使わなくても、お金をかけずにやれるアイディアトレーニングです。まず……」

美代が、ヨコ置きのペットボトルを、またぎながら、

「こうやって走ることで、ミニハードルでやるよりも加速がついた状態で走れるんで、脚力を強化するだけじゃく、フォーム作りもしやすいんですよね。で、スラロームすることで、体の軸を意識できますから、腕の振り方の工夫もできていいんですよ」

「うん、うん」

「それに……」

「それに？」

「これをやってると自分らしさを再確認できるから、いいんです。小学校の頃は、今みたいにフォームとか筋肉のつけ方とか、そんなのはまったく気にしないで走ってました。だから、この練習をしてキレイに走れるようにしなきゃって思って始めたんですけど、今でもこの練習をすると、下手だった頃の、なんにも気にしないで好きなように走ってた頃の自分を思い出すんです。うまくなりたくて、上手になりたくて、お母さんに内緒で、お金がないから、自分でペットボトルを集めて……これをやると今でもいろんなことを思い出すんです。そうすると、なんか頑張れるっていうか、やるぞ！　みたいな気持ちにもなれるんです」

「たしかに、この練習は、ためになるよね」

「え？　もしかして、桐原さんも、この練習、やってたんですか？」

「うん。高校のときは、ずっとこれをやってたよ。うちの高校の校庭八〇メートルしかなかったからさ、こうやって、スラロームを描いて走ることで、距離を稼いで、一〇〇メートル！みたいなさ。ヨコ置きのものを跨いでやれば、ミニハードルの代わりにもなったし。あと、こうやって、ペットボトルを持って走ると、ダンベルトレーニングにもなるし、で、全部タダ、というか、リサイクル！」

「はい。エチオピアでも、設備経費のことだけじゃなくて、リサイクルの目的もあって、この練習方法が広まったそうなんです」

「うん。でも、大学に入ってからは、練習環境がすべて整ってるから、こういうのはもうやらなくなったな。先生たちにもこういう練習方法については発想すらないだろうな……」

「あのぅ、もしよかったら、久しぶりに、これ、やってみませんか？」

「そうだね♪」

　美代と一緒に、この練習をする桐原。走りはじめると、体が、少しずつ、思い通りに動くようになった。

桐原は、この練習に没頭した。その集中力は、並大抵のものではなく、桐原を見ていた美代は、全身に鳥肌が立った。

この日から、桐原は、このペットボトルでの練習方法を毎日取り入れるようになった。

scene2-7

【東新大学グランド】Ground

ひとりで、ペットボトルで、練習している桐原。そこにやって来る為永。

「よう」

「為永さん……」

「なにがイケなかったのかって、イケナイところ探しばっかりやってるんだろ？」

「はい。重心が、スラロームするたびに、地面から離れて流されるんです」

「昔は、こんなことなかったんですけど……」

「どうして悪いところばかりを探すんだ？」

「それは……ミスしたところを見つけないと」

「そんなのやめちまえよ」

「え……？」

「もっと自分で自分のことを褒めてやれよ。ストイックに練習に打ち込むのもいいが、もっとリラックスして、まずは、自分の足にお礼を言った方がいいな。おれの足、ありがとうって。足だけじゃないぞ。腕にもお礼を言った方がいい。いつもおれのためにがんばってくれてありがとうって」

「……」

桐原は、ハッとしたように為永を見つめている。

「たとえば、レース結果が思い通りにならなくても、絶対に悔んじゃダメだ」

「褒めるんだ、いつもお礼を言うんだ。自分自身に」

「……」

「たとえば、金メダルってさ、お前、ひとりだけがもらえるって思ってるだろ？」

「はい……」

「それは、違うよ」

「え？」

「ほんとうは、みんな、金メダルなんだよ」

「みんな、金メダル……？」

「どんなに試合に出たくても、ケガや体調不良、それに、仕事の都合なんかで試合に出れなかった人もいる。試合に出ても、予選落ちで終わった人もいれば、準決勝で終わった人もいる。でも、その人たちは、毎日、練習している。仕事が忙しい人でも、一週間に一日でも走るようにしている。陸上が好きだから、みんな、陸上をやってる。みんな、毎日必死にやってる。お爺さんもお婆さんもお父さんもお母さんも、兄ちゃんもお姉ちゃんも弟も妹も、みんな毎日一生懸命やってる。そりゃ苦しいだろう。そりゃ辛いときもあるだろう。でも、みんな一生懸命楽、楽しくやってる。どうにかこうにかって言われても、とにかく毎日、必死に、一生懸命に、楽しくやってる。それ以上のものがあるか？」

「……」

「だから、みんなが、金メダルなんだよ」

為永は胸に手を当てていう。

「金メダルは、ひとりひとりのここにあるんだよ」

「……」

「お前のここに、金メダルは、あるか？　お前のここに、ほんとうの金メダルは、あるか？」

「たぶん……ありません。おれの中にあるのは、孤独とプレッシャーと目標だけです」

「ほんとうの金メダル、欲しいと思わないか？　お前、陸上をやると人生が豊かになるって言ってたよな。だから終われないって」

「はい」

「だったら、思いのままに走ればいいだろう。もともとやりたかったようにな」

「はい……」

「陸上を、走ることを、絶対に嫌いになるなよ」

「はい！」


少しずつ、桐原の身体が、思うように動きはじめた。あの、粘土のような、気持ちの悪い感覚が、日に日に薄れていった。

右足も、左足も、弾みはじめた。両腕のリズムに、全身が鼓動するようになった。やっと、走っている感覚が、桐原に、漲りはじめた。

この感覚だった。高校時代、ひとりで、練習に明け暮れていた頃の、走ることだけに夢中になっていたあの頃の、手応え。

走り終えた後に、飲んだミネラルウォーターの味が、あの頃と同じだった。こんなに美味い水を飲んだのは、久しぶりだった。

scene2-8 【全日本インカレ】Intercollegiate

歓声が場内に響きわたっていた。

「……それでは、これより、本年度の全日本インカレ男子一〇〇メートル決勝がおこなわれます」

さらに歓声が沸いた。そして、

「On Your Mark Set.」

と、聞こえると、場内が、一斉に静寂した。

桐原は、クラウチングスタートの態勢になった。両腕と両足が、そして、すべての細胞が、今から走ろうとしているのが、よく分かった。

自分は、なんのために走るのか？　それは、走れば、分かること。

この感覚だった。前に出る。そして、走る。それだけでよかった。そのために、おれは、ここにいる。

「ズドンッ」

というスタート音とともに、各選手が、一斉にスタートした。

桐原の全身に、空気が纏わりついた。そして、離れた。もっと走りたい。もっと走っていたい。そう思えば思うほど、桐原のスピードが増した。

まさに弾かれたかのように、桐原は、トラックを駆けた。ひとつひとつの瞬間が繋がって、すべてが一体となって、物すごいスピードで、前に進む。

呼吸をするたびに、まるで、酸素が、体中に、染み込んでくるかのようだった。心臓が、ただ走るためだけに稼働している感じがした。

桐原は、走りつづけた。どこまでも、止まることなく、どこまでも、走った。どこまでも、行けるような気がしていた……。

「……一着、東新大学、桐原秀明選手。速報タイムは、九秒九八、九秒九八!ついに、桐原が、日本人初の九秒台突破を果たしました! 九秒九八! 日本記録の更新でもあります! ついに、桐原がやりました! 九秒九八! 桐原秀明が、全人未踏の九秒台を達成しました!」

大歓声だった。いったい、なにが起きたのか？

桐原は、よく理解していた。感覚が、異常なまでに研ぎ澄まされていて、瞬時に、すべての状況を理解していた。

走り終えた桐原が、ゆっくりと歩いている。後方からやってきた山坂は、桐原の肩を叩いて、祝福した。

「桐原くん、やったな！」

「うん……」

つづいて、多山が、やってきて、桐原と握手した。

「すごいっすヨ。九秒九八ですよ！　九秒九八！」

「ありがとう……」

桐原は、ひとりになって、その場に立ち尽くした。

そして、桐原は、目を閉じた。

——おれの足、走ってくれて、ありがとう。おれの手、がんばってくれてありがとう。みなさん、ありがとうございます。そして、ここにいる。全員が、金メダルです。

桐原は、トラックに向かって、深々とお辞儀をした。

歓声は、鳴り止むことなく、九秒台を出した桐原のことを、全員が、いつまでも称えつづけていた。

競技場前

scene2-9【競技場前】In front

小山田、美那、大城、綾乃たちが、大喜びしている。

「桐原選手、やりましたね！」

「九秒台出ましたよ！　しかも、わたしたちが作ったスパイクを履いて！」

「小山田さん、やりましたね！」

「うんうん……」

そこに、浅見が、やってきた。

「はいはい～♪　みんな元気でやってるかしら～♪」

「お疲れ様です」

「小山田ァ♪」

「は、はい……」

「そして、みんな～♪」

「はい……」

「このたびの桐原選手の九秒九八、日本記録更新、よかったわねぇ〜♪」

「はい……」

「小山田ァ」

「……ハイ！」

「社長から事前にいわれてた話なんだけど、桐原選手が九秒台を出したんで、あなた、今日から課長よ。正式には、明日にでも書面で通達されるでしょう」

「は、はい！　ありがとうございます」

「小山田さん、いえ、小山田課長、おめでとうございます！」

と、大城が、小山田に駆け寄った。美那と綾乃も喜んだ。そこに、三島と勝子が、記者になった鈴木とまやを引き連れてやってきた。

桐原が、土橋、星野、本多、雅子、豊田たちと一緒にやってきた。そして、三島たちは、

「やりましたね！　今の感想をお聞かせください」

と、マイクを突きだした。

「嬉しいです。ありがとうございます」

桐原は、凛として応えた。

「九秒九八、おめでとうございます！」

「ありがとうございます」

「いい走りでしたね♪」

「ありがとうございます」

そこに、小山田、大城、綾乃、浅見たちも加わって、祝福の言葉を桐原にかけた。

「おめでとうございます」

そこに、沙矢と為永とマリがきた。東新大学陸上部の各人たちもやってきた。

「為永さん……」

為永は、無言のまま、深くうなずいた。そして、桐原は、深くお辞儀をした。

「山坂さん……」

そのとき、ここに、山坂と多山が現れた。桐原は、山坂と多山と話した。

「桐原くん、おめでとう」

「ありがとうございます」

「どうやったんですか？　どうやったら九秒九八を出せたんですか？」

と、多山が、ガッついた。

桐原は、多山の質問に答えるように、美代が持っていたペットボトルを手にして、多山にそれを渡した。

「ペッ、ペットボトル……？　飲むんですか？」

多山は、ペットボトルを見ながら考え込んだ。すると、浅見が、多山からペットボトルを取り上げ、

「小山田ァ！」

「はい……」

「次は、これよ！　スポーツカスタム生産部として、大手飲料メーカーと組んで、スポーツ飲料水の開発をするのよ！　キャッチコピーは、これであなたも九秒台！」

「は、はい……」

「そう、これこそまさに幸せよ！　ハッピーハッピー♪」

「あ、あのぅ、これって、そういう意味じゃないんですけど……」

と、美代がつぶやいた。

「なんだっていいのよ。儲かって、当社の株価が上がれば、なんだっていいのよ！」

競技場前

浅見は、とても、鼻息が荒かった。

それを聞いて、土橋が、

「おい、本多と豊田、この女をどこか遠くの方に連れていけ！」

と、部員たちに指示した。

「はい！」と本多と豊田が、浅見を向こうに連れて行こうとするが、浅見は、

「むむむ、ムムム、ムムム……」

と、その場でふんばって、やたらとネバッた。そして、みんな笑ったり、称えあったり、ドタバタしながら、和んだ。

こうして誰しもが、誰かのために、純粋に全力を尽くしたことで、ひとりでは成し得ないすばらしい結果を残すことができた。

失敗を恐れずに、思い切ってやることだけが、人間の能力を最大限に引き出すキッカケになることを、かれらは、実践した。

そして、この世の中には、人として、競争することよりも、協力し合うという、もっと建設的で尊い行為があることをあらためて明かしたのだった。

和んでいるみんなの中で、一際、桐原の笑顔が、すばらしかった……。

【あとがき】Next Spring

本書は、もともとは、テレビ東京の朝番組「モーニングサテライト」にて、松村雄基さん主演でオンエアされていたミニドラマ「突然ですが……ピンチです！」の台本を筆者が担当していたことから、そのスピンオフ作品として、番組制作サイドの配慮のもと、筆者が、舞台用に書き下ろしたオリジナルストーリーです。

よって、通常の小説よりは、セリフが多く、心理描写が、よくも悪くもシナリオ的な読み物となっています。

メディアミックスにより、たとえば、原作本＝映画、漫画＝アニメ＝舞台、というように、この作品も、この原作本＝舞台、という形式を成しています。

陸上競技の一〇〇メートル走において、日本人初の九秒台突入という輝かしい事実をテーマにして「人間をいちばん大切にすること」というメッセージが込められた純粋なドラマと

あとがき

して、多くの方々の温かいご協力によって、舞台としても、原作本としても、とてもすばらしい作品となりました。皆様方のご協力に感謝して、皆様方のこれからのご活躍をお祈り申し上げます。

並びに、出演者一同、スタッフ一同のさらなるご活躍をお祈り申し上げます。また、本書のパッケージロゴは、舞台版のロゴと同一であり、舞台製作サイドからの心あるご協力により、本作品でも同一のロゴを使用させて頂いています。

ロゴ制作をなされた麻生直希氏、そして、製作基盤である名古屋テレビ放送株式会社の皆様方にも、厚く御礼を申し上げます。

また、舞台上演時に、衣裳協力をして下さりましたミズノ株式会社の皆様方にも、御礼申し上げます。

そして、本書を最後までお読み下さった読者の皆様方にも「ありがとうございます」とお礼を申し上げます。

著者　**藤原良**
万物斉同の精神で執筆をおこない、取材の綿密さには一定の評価がある。

九識のスプリント　～いざ、駆ける瞬間～
発行日　2021年11月30日　第1刷発行

発行人　筑前太郎
編集人　平　龍平
表紙・本文デザイン　アジア新聞社出版局デザイン部

発行所　アジア新聞社
〒102-0093
東京都千代田区平河町2-2-1山口ビル2階
TEL：03-6910-0806　FAX：03-3239-8989

印刷・製本　株式会社エーヴィスシステム

Published by Ajiasinnbunnsya Publishing Co.Ltd Printed in Japan
ISBN 978-4-9911961-0-2 C0093